AF136731

Du même auteur

Romans

Au nom du Saint-Esprit, je vous dis …
L'Arche des Temps Nouveaux
Folie de l'Homme ou Dessein de Dieu
Le Tiraillement
L'enfant bonheur
Suis-moi (tomes 1 et 2)
L'inflexible loi du destin (tomes 1 et 2)
À la croisée des destins
L'Univers de Kûrhasm (tomes 1 et 2)
Le chevalier de la Lumière
Quand le doigt de Dieu …
La légende de Thâram (tomes 1 et 2)
Henri-Louis de Vazéac
Il la regarda et...

Essais

La destinée de l'homme …
L'islam tisse sa trame en Occident

Poésies

Murmures de mon âme
Envolée métaphysique

Scénario de film

Magnesia

L'enfant bonheur

D'après une histoire vraie

Je me consacre à l'écriture depuis 2002 après avoir rédigé plusieurs ouvrages entre 1990 et cette date. Mes écrits ont un même fil conducteur spirituel, reflet de l'inaltérable foi en Dieu animant mon cœur. Ce qui m'a conduit à écrire, parfois, des histoires insolites et à devenir un auteur difficile à classer dans un genre.

ISBN : 978-2-3224-4981-1

Dépôt légal : Avril 2023

Site internet : www.atypical-autoedition.com

François de Calielli

L'enfant bonheur

D'après une histoire vraie

Cette histoire se déroule à une époque où les techniques scientifiques sur la stérilité n'en étaient pas au stade actuel.

Le traumatisme

-1-

S'étant sciemment isolé en pleine campagne, Brice poussa un hurlement animal qui faillit lui rompre les cordes vocales. Il vociféra ensuite des blasphèmes contre ce juge qui le condamnait à un destin injuste et absurde. Tout en regardant le cours irrégulier et saumâtre de la Garonne s'enfoncer, çà et là, dans le tourbillon d'un remous, il entreprit de faire sourdre du fond de lui une force morbide. Des images noires passèrent aussitôt devant ses yeux et un frisson glacial parcourut son corps de la tête aux pieds. Une survenance qui l'éveilla à l'épreuve que son âme devrait endurer s'il allait au bout de cet acte déraisonnable … telle celle de Sisyphe.

À vingt-cinq ans, à peine, il appréhendait cette marche à la poursuite d'un bonheur désormais compromis par une cruelle fatalité. Aussi la mort lui était-elle apparue plus douce que cette misérable contrainte. Il craignait néanmoins que l'au-delà de cette vie ne fût pire encore pour sa petite âme. Même s'il pensait que la félicité céleste n'était qu'une chimère entretenue par les religieux. D'ailleurs, ceux-ci avaient probablement une idée moins idyllique de la chose. Croyante, mais guère bigote, sa mère l'avait éduqué via des principes moraux procédant du catholicisme. Par respect pour elle, il ne rejetait pas totalement l'idée de ce Ciel qu'elle s'était efforcée de mériter à chaque instant. Quoiqu'il n'imaginait pas bénéficier personnellement, et le moment venu, du privilège d'une éternité au sein d'un doux paradis. D'une nature pragmatique, son père l'avait éveillé, pour sa part, à une vision plus rationnelle, malgré une ambiguïté dans le discours. Brice gardait donc le souvenir d'un homme idéaliste qui s'était inconsciemment paré d'une apparence réaliste. Ainsi il tirait de ses géniteurs une foi équivoque en une Intelligence Supérieure qui orchestrait peut-être, et de façon implacable, les destinées. Était-ce cette dernière qui l'incitait à envoyer au rebut cette pulsion destructrice ? L'exhortait-elle à relever le défi de cette existence dont il ne considérait que l'apparente disgrâce ? Il se sentait tout à coup tiraillé entre le bon sens et la pusillanimité. Devait-il à un revif de sa raison l'idée de considérer avec plus de stoïcisme sa misère et de dépasser son handicap ? Se laissant tout à coup tomber sur le sol herbeux, il repensa à l'annonce ... pareille à un horion. Puis il scruta la voûte ennuagée avec l'espoir que le Dieu censé présider sur l'univers ne se désintéressait pas totalement de son pauvre sort.

« Surpris par son inquiétude au sujet de sa fertilité, comme il n'était pas encore en couple, son médecin généraliste avait quand même consenti à lui prescrire un spermogramme. Car il n'avait pas souhaité confier à ce docteur le pourquoi de cette préoccupation, à savoir des oreillons contractés à l'âge de 14 ans. Il avait lu, en effet, dans une revue scientifique que cette affection pouvait rendre stérile. Le jour du prélèvement, il s'était rendu au laboratoire avec la boule au ventre. Devant le pool des secrétaires, lesquelles arboraient une mine quelque peu goguenarde alors qu'il remettait le récipient contenant la précieuse semence, il n'avait pas eu le réflexe de compenser sa gêne par une pointe d'humour. Nul doute que son érubescence avait fait gloser ces demoiselles ensuite. La semaine suivante, il était allé quérir les résultats au langage médical plutôt obscur ; un texte laconique qui avait tétanisé son cœur. Il s'était dit alors qu'une effroyable sentence ne l'aurait pas moins atterré. Son médecin lui avait expliqué la signification de l'azoospermie tout en spécifiant que cette chose s'avérait moins invalidante que la perte d'un membre, une paralysie ou quelque autre maladie incurable. Il l'avait engagé également à faire du sport comme si l'exercice aurait pu l'aider à retrouver sa fertilité. Brice était ressorti dépité de cette consultation, mais avec la ferme intention de ne plus revoir ce fossoyeur de moral. Celui-ci n'avait pas eu pitié de son visage blême

d'angoisse ni éprouvé la moindre compassion à l'égard de sa frustrante indigence ou de l'amputation de sa masculinité par cette stérilité ».

L'indifférence de ce médecin l'avait placé face à l'obligation d'affronter seul ce problème. Cet individu s'était-il fait inconsciemment l'écho de la voix qui s'évertuait à le pousser à sublimer son désarroi ? N'ayant pas eu la force de mettre fin à ses jours, il lui fallait s'inventer une sérénité factice, souffler sur les cendres du malheur pour tenter d'y raviver une braise de contentement.

Commercial dans une industrie de biens d'équipements, il devait partir chaque jour à la conquête de nouveaux marchés et, donc, faire fi de ce coup du sort qui lui avait ôté tout désir de batailler, puis de gagner. Ce déficit de confiance en lui affaiblissait sa pugnacité, muant corollairement ses journées de travail en torture. Il se sentait insignifiant, médiocre et tiré par une force vers la dépression. Il s'ensuivait une impression de décalage avec les nécessités de la jungle mercantiliste et un rejet des contraintes de la compétition. La conviction que son problème condamnait sa vie personnelle impactait négativement son efficacité professionnelle. La chute des ventes, depuis plusieurs mois, alarma Monsieur Tuzianick, le directeur commercial, qui le convoqua pour un entretien dans son bureau. Fragilisé, il dut puiser dans ses ressources pour ne pas paraître trop abattu. Il s'attendait toutefois à ce que ce dernier lui annonçât la mise en place d'une procédure de licenciement.

- Qu'y a-t-il, Brice ? S'enquit le directeur sans ambages.
- Je ne me sens pas très bien en ce moment, répondit-il d'une voix lasse.

En définitive, il renonçait à feindre un faux dynamisme.

- Vous ne semblez pas en forme, en effet. Vous avez des ennuis ou bien s'agit-il d'un petit passage à vide ? Vous pouvez vous confier, vous savez. Ce que vous direz ne sortira pas de ce bureau.

Brice n'irait pas jusqu'à nourrir la curiosité de ce dernier, sa secrète souffrance n'étant pas d'ailleurs partageable.

- J'ai quelques tracas personnels, mais tout va bientôt rentrer dans l'ordre. Je vais me ressaisir, ne vous inquiétez pas monsieur Tuzianick.

- Il vaut mieux que je m'inquiète, au contraire, car si votre activité continue à décroître, le Président va me mettre sur la sellette et m'ordonner une action qu'il me déplairait d'avoir à entreprendre. Que lui dirais-je alors pour vous défendre si vous ne me donnez pas plus d'éléments ? Vous parlez de tracas personnels … sont-ils d'ordre financier ? Si c'est le cas, la société peut vous octroyer un prêt sans intérêt.

- J'apprécie infiniment votre suggestion, monsieur Tuzianick. Toutefois, il ne s'agit pas d'un besoin d'argent. En réalité, je viens d'essuyer un coup dur et je dois simplement me remettre d'aplomb.

- Votre petite amie vous a lâché, n'est-ce pas ! Ça fait mal au début, puis on se fait une raison. Avec le recul, on a même le sentiment de renaître. Il ne manque pas de femmes prêtes à se laisser séduire. Croyez-en un vieux briscard ! J'en suis à mon troisième mariage et je me sens prêt à un quatrième si nécessaire.

Brice exécrait ce langage présomptueux et cette attitude irrespectueuse envers la gent féminine, suivant en cela les vertueux principes de ses parents. Partant, il s'efforçait de considérer ses semblables avec bienveillance et de ne pas souscrire à ce type de comportement archaïque. Il laissa imaginer à son chef qu'une déconvenue sentimentale le plongeait dans cet état, afin que celui-ci eût une raison de le plaindre momentanément.

- Allons, Brice, il vous faut prendre l'amour avec plus de recul, exhorta le directeur. Foncez dans le boulot ! La réussite professionnelle vous permettra d'avoir de l'ascendant sur le sexe faible.

- Il me reste quelques jours de congé. M'accorderiez-vous de les prendre pour me retaper ? Se hasarda Brice.

- Entendu ! Mais … à votre retour … je veux vous voir dans le top cinq des vendeurs France.

- J'essaierai, Monsieur…

- Surtout, n'oubliez pas la devise du Président : « On n'essaie pas … on agit … pour réussir bien sûr », coupa ce dernier.

- Bien, monsieur Tuzianick.

Les paroles du directeur commercial ne lui mirent guère du baume au cœur ; elles tendirent plutôt à accroître son angoisse. Effectivement, il n'envisageait pas de se jeter corps et âme dans le travail en vue de compenser sa frustration existentielle. Était-il parvenu à une sorte de croisée des chemins ? Certes, son manque de discernement spirituel le ferait alors opter pour la pire des voies.

-2-

À l'occasion des quatre jours de congé accordés par Tuzianick, il partit en voiture vers l'Atlantique. Il espérait que ce court voyage l'aiderait à retrouver le goût de vivre ; car, pour l'heure, il ressemblait à la flamme déclinante d'une bougie ou à une braise sortie de son brasier. À Hendaye, il contempla l'océan qui se fracassait avec une colère furibonde contre la digue. Dans sa fougue, celui-ci inondait la chaussée. Aspergés, certains passants couraient en poussant des rires hystériques. Quant à lui, vêtu d'un simple k-way, il restait accoudé au mur de béton. Il recevait avec bonheur cette eau iodée en plein visage, l'imaginant chargée d'un élixir parégorique. Les yeux clos, il écouta le grondement régulier des vagues. Quand il les rouvrit, il se mit à fixer intensément l'horizon avec l'impression étrange que son frêle corps dérivait, ballotté entre crête et creux des flots écumeux. Que n'avait-il la bravoure de sauter dans cet élément, une béante profondeur qui s'empresserait de le happer à la manière d'un ciron. Il irait rejoindre la biodiversité hadale et s'y fossiliserait comme un vulgaire anonyme. L'interdiction d'engendrer le contraignait désormais à se satisfaire d'une existence égoïste ; puisque nul ne perpétuerait après lui ses gènes. Une inutilité qui l'incitait à vouloir disparaître, qui lui donnait aussi l'impression de n'être plus qu'un avorton voué à une misérable survivance. Le mal paraissait empirer, sa pensée se cancériser et sa raison se nécroser. Il luttait contre la résurgence de cette pulsion morbide qu'il avait passablement reléguée dans les abysses du subconscient. Son âme et son ego semblaient s'affronter, voire négocier un consensus.

Tel un cadeau de la Providence, une petite lumière éclaira soudain ces tristes ténèbres. Il se sentit poussé à réagir, à suivre une voie plus terre à terre et raisonnable. Peut-être, cette épreuve contenait-elle, après tout, une richesse cachée. Cette impossibilité de fonder une famille signifiait-elle qu'il lui fallait se consacrer à la misère du monde, via le caritatif ou l'humanitaire ? Une abnégation à laquelle il n'envisageait pas, cependant, de souscrire. Il n'estimait pas, non plus, que sa stérilité l'appelait à une voie sacerdotale et, par elle, à prendre un chemin de chasteté.

Trempé jusqu'aux os, il bénissait cet océan dont l'eau avait au moins accompli le miracle de remettre sa faible âme en selle. Il s'agissait d'une œuvre subtile et à l'effet finalement salutaire. Retournant dans sa modeste chambre d'hôtel, il y prit une douche bien chaude ; puis il réfléchit à l'étrange revirement de sa disposition d'esprit tout en se relaxant sur le lit. Un changement de l'ordre du surnaturel ! Une force s'évertuait visiblement à l'empêcher d'en arriver à l'extrême du désespoir.

Sur le chemin du retour, il s'arrêta dans les Pyrénées où il effectua une randonnée pédestre en moyenne montagne. Il y huma les odeurs de la flore et profita de l'agréable rayonnement vernal. Couché dans l'herbe d'un champ, il s'emplit de ce bonheur simple. Un bercement par les multiples sonorités de la nature qui l'instilla d'une joie éphémère. Que le temps ne suspendait-il son cours et que ne se noyait-il, quant à lui, dans cette léthargie pareille à une mer cotonneuse.

Il réintégra son appartement toulousain, le mental affaibli par ce combat intérieur. Certes, il revenait avec des intentions plus raisonnables. Il acceptait, en effet, d'affronter courageusement cette épreuve dont la signification cachée finirait, peut-être, par se dévoiler. Fort de ce nouvel état d'esprit, il reprit le travail avec un optimisme, toutefois, convalescent. Il enfila la cuirasse du guerrier, puisqu'il avait fait le choix de retourner dans l'arène pour combattre. Il se dopa aussi mentalement, en vue de juguler la pulsion aux aguets de ses moments d'évasion métaphysique, voire d'un sursaut destructeur. Répugnant, de surcroît, à essuyer de nouvelles réprimandes de son chef ou à s'attirer les foudres de la haute direction, il se força à redevenir un commercial de talent et loué pour son excellent professionnalisme. Satisfaisant l'ambitieuse recommandation de Tuzianick, il s'éleva à nouveau parmi les meilleurs. Les félicitations de celui-ci provoquèrent un revif de son désir d'exister normalement, en dépit de l'impossibilité d'accéder à une pleine réalisation. L'infirmité qui le frappait était-elle une invite à ne pas se suffire d'un chemin de vie prosaïque et ordinaire ? Pourtant, il n'entretenait pas une secrète envie d'accomplir de grandes choses en ce monde, vu que les grands défis, les projets chimériques, et autres nobles causes humanitaires, n'avaient guère sa prédilection. Il ignorait cependant les arcanes de sa destinée, voire les éventuels ravissements imprévus que celle-ci recelait ; même s'il se trouvait cruellement privé de profiter de celui propre à combler chaque instant de son existence. Cette survenance l'avait néanmoins métamorphosé et fait progresser dans sa maturité. Aussi affichait-il, dorénavant, un air plutôt austère tout en ne cultivant pas le genre mystérieux.

-3-

Le réveil de sa nature peu encline au laxisme ou à refuser la réalité l'amena à investiguer plus avant l'incurabilité de sa stérilité. Non sans une certaine appréhension, il se rendit chez un nouveau médecin traitant ; car il n'avait pas oublié le discours humiliant du précédent et il craignait, de même, que cette initiative ne provoquât la résurgence d'une pulsion destructrice difficilement enfouie. Ainsi il se prépara psychologiquement à l'indifférence de cet autre à l'égard de sa souffrance, à savoir l'interdit des joies de la paternité. Il appréhendait aussi le sourire benoît et vexant d'un spécialiste rodé aux angoisses existentielles des patients. Or ce médecin lui fit d'emblée une bonne impression. La poignée de main spontanée et le regard franc s'avérèrent, en effet, des prémices encourageantes. Après l'exposé de la nature de son mal, celui-ci s'enquit :

- Vous n'avez eu que ce spermogramme.
- Tout à fait.
- Il serait nécessaire que vous consultiez un spécialiste, afin de connaître l'origine exacte de cette azoospermie et ce qu'il y a lieu également de faire … enfin, la thérapie possible dans votre cas.
- Je suis d'accord.
- Je vais donc rédiger une lettre pour le professeur Pralié, un spécialiste qui jouit d'une excellente réputation dans le domaine. Vous devriez, grâce à elle, obtenir un rendez-vous pas trop lointain.
- Je n'en suis pas à un ou deux mois près, Docteur. Où se trouve son cabinet ?
- Au Centre de Stérilité de l'hôpital La Grave.

- Mon interrogation va sans doute vous paraître stupide, mais j'aimerais savoir si cet examen est douloureux.

- Je pense qu'il vous prescrira dans un premier temps une nouvelle analyse du sperme et qu'il procédera à une palpation des testicules. Celle-ci n'est en rien douloureuse … juste un peu désagréable.

- Bon, acquiesça Brice en prenant un air pensif. De toute façon, je ne m'attends pas à un miracle. J'ai l'intuition qu'il s'agit d'une infertilité rédhibitoire.

- Il est impossible de donner un diagnostic définitif au vu d'un simple spermogramme. Je ne saurais trop vous conseiller de voir ce spécialiste, monsieur Szepanowski, étant donné que la science a fait d'importants progrès dans le domaine. Sortez-vous du mental cette conviction négative, car elle empoisonne votre vie et perturbe votre équilibre.

- En fait, je m'étais efforcé d'oublier. Cette démarche me donne tout à coup l'impression d'avoir une épée de Damoclès au-dessus de la tête.

- À mon avis, vous faites bien d'aller au bout de ce problème au contraire. Si vous avez fait cette démarche, comme vous dites, c'est que vous n'aviez pas réellement oublié. D'ailleurs, comment le pourriez-vous tant que vous ne savez pas exactement ce qu'il en est.

- Vous avez raison, Docteur. Je vais faire ce qu'il faut.

- Voulez-vous que je vous prescrive un psychotrope …

- Vous savez … les médicaments … je n'en prends que lorsque j'y suis forcé.

- Comme il vous plaira. En tout cas, restez optimiste, monsieur Szepanowski, et revenez me voir si vous ressentez le besoin d'en parler.

Brice ne doutait pas que ce médecin avait parfaitement jaugé son état d'esprit tout en espérant qu'il ne l'avait pas jugé trop timoré à cause de ses remarques et de son atermoiement. Ce dernier s'était probablement demandé, après coup, le type d'élixir miracle qu'il était venu chercher chez lui, étant donné sa faible détermination envers un examen plus approfondi. S'il ne niait pas l'importance de voir ledit spécialiste, conscient de ne pouvoir parvenir qu'à un équilibre relatif avec ce doute en filigrane, il désirait enterrer cette chose au plus profond de lui et n'en plus discuter avec quiconque. Il fluctuait, par conséquent, entre le besoin d'oublier, pour ne pas se retrouver à combattre une tendance suicidaire, et l'envie de pousser l'exploration de cette affection qu'il prenait, sans doute prématurément, pour un mal sans issue. Bien qu'il pressentait que toutes ses entreprises en la matière n'aboutiraient qu'au triste constat de l'incurabilité de celui-ci. Il en vint à la soudaine conclusion que cette visite chez un expert de la chose n'était pas très opportune et, surtout, propice à une meilleure sérénité. L'investigation des causes de sa stérilité risquait au contraire de le faire replonger dans la déréliction. Aussi trouvait-il morbifique ce besoin de savoir et pensait-il plus sage de rester dans l'ignorance. Sa raison s'ingéniait à le harceler tout en l'abandonnant à ses tourments existentiels. Ses questionnements métaphysiques s'égaraient, de même, dans les ténèbres de son ego. Il prit donc la décision de ne pas appeler le cabinet du professeur Pralié.

Au fil de ses efforts pour parvenir à passer le cap de cette libération, il réalisa la déficience de sa volonté. Dépité par cette misère intérieure, il se résolut à quérir l'aide d'un psychothérapeute. Par ce biais, il escomptait réussir à considérer autrement cette infertilité et à annihiler un sentiment d'insatisfaction propre à le maintenir dans un état d'angoisse. Il voulait aussi éviter un désastreux retombement dans le ressassement de sa condition. Au hasard des pages jaunes de l'annuaire, il opta pour une femme. Il subodorait, en effet, que la mère en elle comprendrait mieux l'ampleur de sa frustration et sa peur des déceptions amoureuses que l'aveu de cette infirmité ne manquerait pas d'entraîner. En pénétrant dans le cabinet, et au vu du jeune âge de la praticienne, il craignit qu'elle n'eût pas l'expérience de ce genre de cas, voire qu'elle ne sût pas cerner la complexité de son état. Partant, il se préparait à n'avoir qu'une discussion à bâtons rompus et à devoir chercher un confrère plus expérimenté. Pourtant, dès les premières phrases, elle parvint à canaliser son intérêt et, de fait, à envoyer son a priori au rebut. S'il était conscient de son inaptitude à supputer le professionnalisme de cette dernière, il constatait qu'elle ne tâtonnait guère. Il se jura de ne plus porter à l'avenir des jugements hâtifs et, finalement, vains. Au terme de cinq séances et, malgré une intelligente recherche, elle ne réussit cependant qu'à l'amener à lénifier sa douleur intérieure. Convaincu que la médecine ne réussirait pas à le libérer de cette entrave psychologique, il arrêta brutalement cette psychothérapie. Certes, il lui faudrait dorénavant s'accommoder de ce boulet et s'exercer à faire fi de cette contrainte.

Une rencontre bénéfique

-1-

À la terrasse d'une des brasseries longeant les Arcades du Capitole, l'attention de Brice fut attirée par une personne à la mine triste. La considération de l'apparent chagrin de cette jeune femme l'aidait finalement à relativiser son problème. Il n'osait se risquer à l'importuner, comme elle semblait toute à ses pensées. D'ailleurs, elle le rembarrerait sûrement devant les occupants des tables voisines, égratignant sa fierté et l'amenant à quitter illico les lieux. Il demeura donc sagement à sa place tout en l'observant avec discrétion et en nourrissant l'espérance qu'elle en viendrait à tourner le regard vers lui. Un geste, fût-il fugitif, qu'il prendrait pour de l'intérêt et qui lui donnerait envie de passer outre la crainte d'un honteux rabrouement. Le temps s'écoulant et l'événement attendu n'arrivant pas, il décida de forcer le destin par l'entremise du serveur. Gratifié d'un généreux pourboire, celui-ci accepta d'informer cette jeune personne qu'un gentleman venait de régler sa consommation. Fort de l'indication de l'employé, elle posa sur lui un regard sérieux, quoique non empreint d'animosité. Une expression plutôt conciliante qui tendit à le rassurer. Sublimant son appréhension, il alla vers elle.

- Pardon de vous déranger, mademoiselle, mais j'aimerais faire votre connaissance. Me permettez-vous de m'asseoir un instant à votre table ? Dit-il sur un ton amène.
- J'allais justement partir, répondit-elle.
- Dommage alors ! Accepteriez-vous de me revoir à un autre moment ?
- Bon, dix minutes … ça suffit pour se connaître, non ?

Quoiqu'il trouvait cette rigidité quelque peu dissuasive, il persista :

- Tout à fait. Mon prénom est Brice.

- Moi, c'est Charlotte.

- Charlotte, répéta-t-il. La vibration de ce prénom est douce, alors que vous semblez … disons énergique.

- Le prénom nous est collé comme une étiquette à la naissance et on doit ensuite se le coltiner toute la vie … qu'il nous plaise ou non, railla-t-elle.

- J'ai lu dans un livre, écrit par une numérologue, que les prénoms influencent la personnalité et qu'ils ne sont pas aussi fortuits que vous le dites.

- Vous croyez à ces choses ?

- Cette éventualité ne me paraît pas saugrenue. Je crois en l'âme et que nous sommes, peut-être, l'objet d'influences venant de l'invisible.

- Ah, vous êtes mystique !

- Bigre non ! Je ne suis en rien rêveur ou mystique. J'espère seulement que nous ne sommes pas que des corps gérés par un cerveau … enfin, que la vie est plus complexe et qu'elle ne s'arrête pas à notre misérable existence physique.

- Je constate que nous sommes aux antipodes, vous et moi.

- Pardon de vous barber avec mes convictions. Après tout, nul ne peut affirmer sur ces choses qui dépassent l'entendement humain. Puis-je connaître votre point de vue ?

- Il est simple. Je crois que nous naissons, que nous vivons en essayant de nous en sortir au mieux, parfois même de survivre, et, puis, que nous ne sommes un jour plus rien.

- Je respecte votre idée, même si je ne la partage pas. Pourtant, quand je vous ai aperçue depuis ma table, vous paraissiez soliloquer avec votre âme.

Il se sentit enclin à la provoquer sans chercher toutefois à la contrarier.

- Vous êtes aussi poète ? En fait, je gambergeais juste négativement.

- Votre tristesse ne m'a pas échappé. Je hais ce chagrin qui me prive de votre beau sourire.

Elle accueillit sa remarque de façon gracieuse. Il eut donc la joie de voir une furtive lumière sur ce visage empreint de morosité.

- Ah, merci Charlotte ! S'exclama-t-il. Je n'aurais pas aimé avoir seulement le souvenir de votre austérité.

- Vous ne semblez pas, non plus, être un gai luron, fit-elle observer.

- Ça dépend des jours, répliqua-t-il en souriant. En vérité, il y a deux personnes en moi et je suis tantôt l'une, tantôt l'autre. L'être humain est une chose bigrement compliquée.

- La complexité de notre nature pimente l'existence.

- Dans votre réflexion, il y avait en filigrane la dualité de l'être. Il semble que vous ne soyez pas aussi agnostique que vous le prétendez.

- C'est-à-dire ?

- Je pense que vous refoulez vos questionnements métaphysiques.

- Écoutez, je crois en rien et je cherche pas à croire. Alors, si vous êtes venu pour me convertir à votre croyance, vous faites fausse route. Je fuis la religion sous toutes ses formes.

- Rassurez-vous, je ne suis pas non plus très religieux. Je m'interroge simplement comme la plupart des gens. C'est le propre de tout être pensant, non ?

- Je pense donc je suis, lança-t-elle en riant.

Brice détailla le visage de Charlotte que ce soudain contentement venait embellir. Toutefois, la remarque acerbe de celle-ci l'amenait à déduire que son propos quelque peu spirituel finissait par l'agacer. Aussi lui laissa-t-il l'initiative d'un changement de cap de la discussion qui évolua, dès lors, sur des questions plus anodines.

- Bien, je vais devoir vous laisser, dit-elle à brûle-pourpoint. J'avais dit dix minutes et ça fait trois quarts d'heure qu'on discute.

- Je reconnais que je suis un invétéré bavard. Il est l'heure pour moi aussi de m'atteler à ma tâche.

- Que faites-vous comme boulot ?

- Modeste commercial dans une société de biens d'équipements. Et vous-même ?

- Je fais des jobs d'intérim … euh, de bureau surtout. J'aimerais vraiment en finir avec cette galère. Mais je me dis qu'il y a plus mal loti que moi et ça m'aide à trouver la vie moins pesante.

- C'est un sage point de vue. Je le case dans un coin de ma mémoire pour y repenser à l'occasion.

Au moment de le quitter, elle adopta un ton plus aimable qu'au début de leur conversation. Elle accepta aussi de passer à nouveau un peu de temps avec lui. Pour sa part, il s'interdisait un candide ravissement face à elle. Pourtant, cette rencontre impromptue le ragaillardissait, voire estompait momentanément son mal-être.

-2-

Le samedi après-midi suivant, Brice se rendit au rendez-vous convenu. Il se sentait légèrement fébrile, comme lors de sa première amourette et anxieux aussi à l'idée de retrouver la personne incisive de l'autre jour. Il appréhendait, de même, le petit hiatus entre leurs façons de penser. Il ne prenait pas cependant ses propres convictions pour la vérité. Il espérait, en outre, avoir l'opportunité de percer la vraie personnalité de cette Charlotte derrière l'apparence. Elle arriva, vêtue d'une robe bleu turquoise élégamment imprimée. Des couleurs qui tendaient à rehausser son teint laiteux. Cheveux châtains coupés court, prunelles couleur noisette en forme d'amande, un corps avec de sensuelles rondeurs et une petite taille qu'elle s'efforçait de compenser par de hauts talons … elle n'était pas de celles qui font se pâmer d'admiration les hommes dans la rue. Pourtant, en dépit de ce physique d'un triste commun, elle avait fait vibrer son cœur. D'ailleurs, n'appartenant pas à la race des vaniteux, il ne désirait guère s'afficher avec une fille au capiteux sex-appeal. Même si les femmes ne manquaient pas, à l'occasion, de louer son charme. Ayant une haute stature, des cheveux très bruns et de beaux yeux bleus aux nuances de gris, il aurait préféré posséder un physique ordinaire et avoir le privilège d'engendrer. À cause de cette condamnation, il convoitait la fertilité à la façon d'une boisson miraculeuse. Il n'osait d'ailleurs se projeter dans ses vieux jours que ce triste sort condamnait à une sombre vacuité. Par conséquent, peu lui importait que Charlotte ne fût pas une Aglaé ; puisque le paraître n'avait pas sa prédilection. Il subodora qu'une force l'avait fait compatir à la tristesse de cette dernière, afin qu'ils pussent panser mutuellement leurs stigmates.

Qu'elle ne se montrât plus sous un jour rigide le ravit. En outre, elle paraissait heureuse d'être en sa compagnie. Une disposition qui atténuait l'apparente antinomie entre leurs deux personnalités. Âgée seulement de vingt ans, elle avait l'air plus mature que la moyenne des filles de son âge. Il n'entreprit pas de la questionner sur sa vie, préférant la laisser se dévoiler d'elle-même ... comme il appréciait qu'on respectât son propre jardin secret. De toute façon, il imaginait que ses questions la feraient se regimber, telle une jeune pouliche. Pour l'heure, elle s'efforçait visiblement d'exhiber son meilleur côté et d'enfouir sa tendance à l'indocilité. Un désir d'entente que son invétéré idéalisme transformait, déjà, en possible bonheur. Néanmoins, sa raison l'invitait à la lucidité et à anticiper la flétrissure d'une harmonie naissante par la nouvelle de son infirmité. Mais il fit la sourde oreille et savoura, plutôt, ces premiers moments d'un prometteur bien-être. Il désirait s'en emplir le cœur pour que celui-ci fût en capacité de transmuer une éventuelle prochaine grisaille.

Ils éprouvèrent l'envie de partager ensemble d'autres heures gratifiantes dans une tendre complicité. Brice profitait de cette partie ensoleillée du chemin pour se baigner du charme caché de sa compagne, une joliesse que son cœur amoureux avait perçue au sein de l'ordinaire. Il s'en tenait cependant à une impression, n'ayant pas la prétention de savoir discerner l'authentique derrière le superficiel. Charlotte ne partageait pas, quant à elle, son idéalisme dans l'amour ; elle ne cachait pas, de ce fait, son aspiration à un bonheur simple et réaliste. Appréhendait-elle les vicissitudes de l'amour humain ? Pour sa part, il ne lui déplaisait pas de convoiter l'utopie d'une idyllique félicité ; même si la banale vision de sa compagne l'amenait à en supputer l'hérésie et à répondre, bien souvent, à son appel au prosaïsme. Ainsi il trouvait du plaisir à l'aimer charnellement, à la posséder véhémentement, à entendre son pressant besoin d'une jouissive volupté avant l'orgasme. Encline à un basique assouvissement des sens, elle louait alors sa virilité tout en suscitant son appétit. Leurs corps vibraient parfois à l'unisson de longs moments. Elle ignorait qu'elle l'aidait à se réconcilier avec le sien propre.

Au fil d'une relation sans heurt et respectueuse de leurs mutuels secrets, un amour raisonnable s'installa. Hormis les nuits où une sensuelle ivresse induisait une logorrhée amoureuse, la tendance était, le reste du temps, à la sobriété. Il se résolut au passage de la vie commune, plutôt que de continuer cette liaison décousue tout en doutant du caractère judicieux de cette décision. Effectivement, sa névrose phobique lui faisait craindre ce moment où elle manifesterait le désir d'enfant, fût-ce pour ressembler à madame tout le monde. Conscient d'avoir enclenché un processus à l'évolution imprévisible, il assumerait néanmoins son engagement par égard pour cette dernière qui s'impliquait avec sincérité dans ce concubinage. Il retirait une vraie satisfaction du changement que cette nouvelle vie avait opéré sur elle, se souvenant de l'état de désenchantement dans lequel il l'avait trouvée lors de leur premier échange. Il décida donc de ne pas se mettre, d'ores et déjà, martel en tête et de laisser les choses s'ordonner avec plus ou moins de hasard. Cette grâce momentanée l'incitait à croire au destin, à une voie orthodromique tracée par une Haute Intelligence.

-3-

Ce soir-là, Charlotte entreprit d'avouer une terrible vérité la concernant. Cette perspective d'une tardive confidence angoissa Brice qui craignait qu'elle ne levât le voile sur des faits propres à détériorer cette relation parvenue à un appréciable niveau d'entente. S'il critiquait en lui-même cette intention, il ne chercha pas à en dissuader l'avènement.

- Mes parents ne sont pas morts dans un accident, commença-t-elle. Je t'ai menti parce que la vérité était trop moche.

Mains sur le visage, elle éclata en sanglots.

- Pourquoi t'imposes-tu cette difficile révélation, ma chérie ? D'ailleurs, il ne s'agit pas d'un mensonge, mais d'un habillage. Tout le monde fait ça, tu sais.

Ôtant les mains de son visage, elle esquissa un sourire.

- Parlons d'autre chose, va, poursuivit-il. N'exhume pas ces vestiges et dis-toi que tout cela n'a jamais existé.

- Non, Brice ! J'ai besoin de m'en libérer au contraire et je tiens aussi à ce que tu saches ça de moi.

- En tout cas, tu n'es pas responsable des actes de tes parents. Par conséquent, ce que tu es n'a rien à voir avec ce qu'ils ont été.

- S'il te plaît, mon amour, écoute-moi. Je repousse cette discussion depuis trop longtemps.

- Bon, bon, je suis tout ouïe. Finalement, tu as raison, il vaut mieux que tu évacues une bonne fois pour toutes ce refoulement.

Il lui prit la main pendant qu'elle inspirait une grande bouffée d'air. Puis il se mit anxieusement à l'écoute de cette confession qu'elle tenait absolument à lui faire.

- Comme je te disais, mes parents ne sont pas morts dans un accident. En vérité, j'ai pas connu mon père. Il a fichu le camp, un matin ou un soir ... enfin, peu importe. Il nous a abandonnés, ma mère et moi, ainsi que mon demi-frère et ma demi-sœur. J'en suis pas très fière, mais nous avons chacun un père différent. Un psychiatre avait détecté un problème mental chez ma mère et le tribunal l'a privée ensuite de son droit parental. On nous a donc tous amenés à l'orphelinat. Ma demi-sœur m'a raconté, quand j'ai eu l'âge de l'entendre, que ce jour noir avait ressemblé à un horrible cauchemar. Il paraît que les cris fusaient en tous sens. Surtout moi ! À peine âgée de trois ans, je poussais, soi-disant, des hurlements à faire trembler les murs de l'immeuble et je m'agrippais aussi à ma mère. Par conséquent, on nous a placés dans des familles d'accueil différentes ...

- Où sont ta sœur et ton frère aujourd'hui ? S'enquit-il.
- Je me suis fâchée avec ma demi-sœur et mon demi-frère est au Canada. Je ne les reverrai sans doute jamais.
- Et ta mère ?
- Selon ma demi-sœur, elle est tombée gravement malade, puis elle est morte deux ans après cette séparation injuste.
- La pauvre femme n'a pas supporté le choc. En l'occurrence, le juge a manqué d'humanité ... trop de législatif nuit à l'intérêt humain.
- C'est possible. D'ailleurs, j'ai changé trois fois de famille d'accueil. Pour sûr, ça n'a pas contribué à mon épanouissement. Mes résultats scolaires laissaient à désirer, alors que les institutrices et, plus tard, les professeurs signalaient mes bonnes capacités intellectuelles.
- Ton intelligence ne m'a pas échappé, Charlotte.

- Tu es gentil. Ceci dit, j'ai l'impression de n'avoir pas eu d'enfance et de n'être pas dans ma vie. J'aurais tant aimé devenir médecin et me consacrer aux personnes défavorisées.

- Tu es encore jeune. À défaut, d'être médecin, tu peux passer un diplôme d'infirmière. Et qui sait, une fois intégrée dans le milieu médical, tu trouveras peut-être le courage de pousser plus loin.

- C'est une bonne idée, mais ... impossible à réaliser pour le moment. Car je dois gagner mon pain.

- Enfin, Charlotte, je me ferai un plaisir de te soutenir financièrement si tu entreprends avec sérieux une formation.

- Oui, bien sûr, répliqua-t-elle en faisant une moue dubitative. Sauf que le beau temps peut brutalement se gâter. Je me retrouverai alors sans un sou et à la rue.

- Ton discours me déçoit. Je pensais t'avoir apporté un équilibre, de l'amour et un projet de vie.

- Je reconnais que je suis pas malheureuse avec toi ...

- Mais tu t'aperçois que tu ne m'aimes pas vraiment et que je ne suis pas le type d'homme dont tu as toujours rêvé.

- Pourquoi tu dis ça, Brice ? Je t'aime, voyons ! Tu es même le plus beau cadeau que cette fichue vie m'a fait. J'ai peur plutôt ...

- Finalement, je donnerais dix ans de ma vie si cela pouvait permettre ta pleine réalisation. Pardon de t'avoir coupée.

- C'est pas grave. Je disais que j'ai peur d'être très en dessous des filles que tu as dû fréquenter avant moi.

- Que vas-tu chercher, ma chérie ! Je n'ai jamais poursuivi l'extraordinaire et ce que tu es me convient parfaitement.

- Pourtant, j'ai l'intuition que tu vas te lasser de moi et que quelque chose nous séparera.

- Tu t'ériges en voyante à présent. Méfie-toi, Charlotte, le pessimisme est une disposition d'esprit pernicieuse.

Profondément ému par la révélation de son amie, Brice connaissait maintenant la cause de la lueur pathétique dans le regard de cette dernière. Pareillement à lui, elle portait un fardeau que ce relatif bonheur ne réussissait qu'à rendre moins pesant. Il pensa que l'amour d'un enfant lui permettrait de guérir la blessure de cette sordide enfance, bien qu'il n'en viendrait pas à lui souffler cette possibilité. Elle n'avait pas besoin de lui, de toute façon, pour y penser. Une ombre paraissait menacer, soudain, la pérennité de leur relation. En lui déclarant : « *J'ai l'intuition que quelque chose nous séparera* », elle avait vraisemblablement attendu qu'il la réconfortât, la convainquît du contraire, voire l'aimât plus intensément encore qu'à l'habitude. Il regrettait à présent la froideur de sa propre réponse et, surtout, de sa propre exhortation. Il avait l'expérience de la douleur du manque, puisque ses parents avaient disparu à l'aube de son adolescence et que le sort l'empêchait de contrebalancer celui-ci _. une réaction instinctuelle et tribale inspirée par l ego. Il admettait néanmoins que la souffrance de Charlotte avait dû être, parfois, térébrante et que son cœur était donc traumatisé à jamais. Pour sa part, il ne connaissait pas le supplice du rejet, ni des familles d'accueil plus ou moins accueillantes, vu que ses grands-parents l'avaient élevé avec amour. De surcroît, les réminiscences heureuses, instants privilégiés avec ses parents, avaient bercé ses moments chagrins. Cela le peinait énormément de savoir qu'elle n'avait pu se baigner l'être de douceurs enfantines et qu'elle s'était même trouvée contrainte de lutter contre la résurgence d'affreux souvenirs, d'images d'une précoce adversité.

Tandis qu'elle lui avait ouvert toute grande la porte de sa forteresse, il enfermait égoïstement dans la sienne son terrible secret ; mais il ne se figurait pas avouant son malheur avec flegme. Il craignait, en outre, que la perspective d'une vie avec un homme ayant un handicap de ce type, et propre à la condamner à ne jamais connaître la magie de l'enfantement, n'assombrît dramatiquement son être. Il ne l'imaginait pas, cependant, fuyant en douce, et de façon pusillanime, pour ne pas avoir à lui expliquer qu'elle aspirait à se réaliser à travers un vrai couple ; même s'il comprendrait qu'elle refusât ce morne destin. Peut-être cette abnégation ne la répugnerait point après tout. Il culpabilisait de l'avoir ainsi entraînée dans sa galère. N'aurait-il pas agi plus honnêtement en l'informant sur sa particularité avant toute vie maritale ? En connaissance de cause, elle aurait pu choisir de se sacrifier avec lui – voire confessé son indifférence à cette chose qui l'obsédait, quant à lui, à outrance – ou de continuer autrement sa route.

Il convenait en lui-même de l'inutilité de cette focalisation sur son problème comme elle n'avait jamais fait la moindre allusion à la nécessité pour elle de fonder un vrai foyer avec des enfants. Se refusant, par conséquent, de perturber l'existant avec une initiative inopportune, il prit le risque de voir, un jour, sa frilosité chargée d'opprobre.

-4-

Charlotte annonça à Brice qu'elle venait d'effectuer des démarches auprès de plusieurs organisations gouvernementales, suivant ainsi la suggestion de celui-ci d'opter pour la voie conforme à l'idéal caché en son cœur.

- Ton idée est-elle de te consacrer aux démunis, puisque tu n'as pas fait mystère de cette préférence ? Se renseigna-t-il.
- Je cherche surtout une opportunité pour être plus en accord avec moi-même.
- Tu as quand même conscience qu'une voie humanitaire va nous obliger à un sacrifice … ou, même, nous éloigner l'un de l'autre.
- Je ferai pas ça toute ma vie. C'est une expérience qui me donnera, peut-être, l'envie d'étudier et d'arriver enfin à ce que j'ai toujours cru inaccessible. Après tout, c'est toi qui m'as encouragée à penser comme ça.
- Je suppose qu'il ne s'agit pas de missions d'un mois ou deux.
- Ça dépend, mais je pense que les missions seront de six mois ou plus … au début tout au moins.
- Je vais devoir rester là à t'attendre et à m'inquiéter. Franchement, ce projet d'humanitaire me surprend et je le ressens comme un besoin de donner plus d'espace à ta vie … une fuite en fin de compte.
- Là, tu penses négativement, mon cher Brice. Primo, tu me juges mal et, deusio, je n'ai pas l'intention de te quitter. Je suis bien avec toi, je te l'ai dit, mais j'en ai marre de me sentir inutile. Je voudrais tellement que tu sois fier de moi.
- Que dis-tu ! Je suis fier de toi, ma Charlotte.
- Écoute, j'ai l'impression de ne pas être dans ma vie. Je parle pas de nous en disant ça.

Il garda le silence. Ce qu'elle venait de déclarer le navrait et ne s'avérait pas de bon augure pour la suite de leur relation.

- Je te demande pardon pour cette ambiguïté, ajouta-t-elle.

- En effet ! Je ne saisis pas bien cette sorte de contradiction.

- En réalité, j'aimerais mener une autre existence … mais pas sans toi.

- En fait, tu voudrais que je te suive dans ton délire humanitaire.

- Non, bien sûr que non … tu as ton travail et, en plus, cet engagement ressemble à un sacerdoce.

- En toute lucidité, ma chérie, je pense que tu vas devoir faire un choix.

- Alors, je choisis de ne pas te perdre, Brice.

Cette preuve d'amour le toucha, quoiqu'il sentait que la graine de la discorde venait de germer et qu'elle s'apprêtait à croître dans l'ombre d'une harmonie, désormais, fragilisée. Il appréhendait l'inéluctable issue propre à le replonger dans les affres de l'affliction. Le passé se plairait à affleurer ensuite, le ramenant à l'inanité de son destin ici-bas.

-5-

Constatant avec un intime bonheur que Charlotte semblait avoir abandonné son projet de travail dans l'humanitaire, Brice culpabilisait, en fin de compte, de l'y avoir induite. Si elle s'abstenait de tout reproche, n'affichant pas non plus une humeur atrabilaire, il subodorait qu'elle se résolvait simplement à cette vie dont elle regrettait, à demi-mot, le désintérêt. Il s'étonnait, à présent, de cette idée par laquelle il l'avait conduite à réfléchir sur sa condition, puis à découvrir l'idéal endormi au fond d'elle. Ayant inconsciemment œuvré pour que leurs chemins bifurquassent, il en arrivait à croire qu'une séparation lui épargnerait le désagrément d'un inévitable dilemme. Il s'interrogeait, même, au sujet de l'éventuel signe derrière l'attirance de Charlotte pour l'humanitaire, se souvenant de ce jour où la tristesse de cette dernière l'avait aimanté à la terrasse d'un café. Il relevait, en effet, une étrange concordance avec son incapacité à fonder une famille. Au-delà d'un hypothétique autre message derrière cette rencontre, il se demandait s'il ne s'agissait pas là d'une invite à se consacrer pareillement à la misère d'autrui.

Cette éventualité le tracassait. Il s'abstenait néanmoins de l'évoquer avec son amie et, partant, de lui laisser entrevoir la possibilité d'une adhésion à son intention. Elle fantasmerait sur ce merveilleux changement et trouverait l'existence affreusement morose à l'heure de sa dérobade. D'ailleurs, il ne se sentait pas prêt à franchir ce pas semblable à une oblation, à un enrôlement dans les ordres. Cette réflexion sur une possible réorganisation de sa vie eut pour conséquence de faire évoluer la perception de son problème et de l'amener à réaliser qu'il ne désirait pas se retirer du monde ou s'y marginaliser, en quelque sorte, via un morne célibat. Dans son état, ne devrait-il pas plutôt se chercher une fille mère ou une femme divorcée avec des enfants ? Ce faisant, il n'aurait plus à craindre une rupture à cause de son infertilité et il en oublierait, à la longue, la réalité.

En revenant de sa tournée de clientèle, il trouva Charlotte, allongée sur le divan et les traits du visage tirés par l'angoisse. S'asseyant auprès d'elle, il caressa ses cheveux soyeux tout en s'enquérant aimablement sur le motif de cet état.

- J'en ai marre de tout, lança-t-elle en sanglotant.
- Allons, mon amour, dis-moi plutôt ce qui te rend aussi défaitiste. Tu as des problèmes au boulot ? Se renseigna-t-il d'une voix douce.
Elle acquiesça par un hochement de tête.
- Je comprends que tu ne veuilles pas en parler, mais il ne faut pas t'inquiéter ... je suis là, ma chérie, et, pour l'heure, mon directeur m'a à la bonne.
- Serre-moi dans tes bras, dit-elle.
Il s'exécuta tout en l'embrassant tendrement sur le front.
- Brice, il y a une chose que je t'ai cachée.
- Il y a longtemps que je sais que tu es une petite cachottière, rétorqua-t-il pour la taquiner.
- C'est sérieux, mon chéri.
- Bon, je t'écoute.
- Mon chef n'a pas arrêté de me faire des avances depuis mon arrivée dans la société. Pourtant, je lui avais dit que j'étais pas libre. J'avais l'impression que ça l'excitait, au contraire, que je sois avec quelqu'un.
- Donne-moi son nom que je lui fasse passer l'envie de jouer au macho.
- C'est inutile, Brice. Je n'y reviendrai plus.
- De toi-même ou bien ...
- Quand il a essayé de m'embrasser, je lui ai envoyé une belle gifle en pleine figure. Puis j'ai pris mon sac et je suis allée direct à l'agence d'intérim. Ils l'ont appelé aussitôt devant moi,

mais il a déclaré que je l'avais aguiché avec des poses provocantes et, même, qu'une personne pouvait confirmer mon petit jeu.

- Il te harcèle et, de surcroît, il ment. Tu as une idée de ce soi-disant témoin ?

- J'en vois une, en effet … une fille qui me jalousait.

- Et l'agence ? Ils n'ont pas avalé ce bobard, j'espère. Tu n'en es pas à ta première mission avec eux.

- Oh, la responsable de cette agence n'est qu'un faux jeton. Son langage pas clair du tout m'a fait bouillir et je lui ai dit ma pensée. Je ne veux plus avoir affaire à elle non plus.

- Je te suggère de t'accorder un petit congé sabbatique pour réfléchir sérieusement à une autre orientation.

- Tu as raison. De toute façon, l'agence me doit de l'argent et j'ai quelques économies. Comme ça, je participerai aux frais du ménage.

- Tu ne participes à rien du tout, Charlotte. Je gagne assez d'argent pour assumer les charges ainsi que les suppléments.

Les jours suivants, il la vit revivre, telle une fleur qu'un soleil printanier revivifie. Elle en profita pour réveiller le projet sommeillant au fond d'elle et, donc, renouer avec ses recherches dans l'humanitaire. Constatant que ce dessein la possédait corps et âme, il s'interdit de la placer à nouveau face à un choix difficile … convaincu d'ailleurs qu'elle opterait pour la voie la moins dérangeante. Il l'encouragea donc à ne plus contredire ce désir ; il apprendrait, pour sa part, à l'aimer autrement. Sachant combien cette séparation l'angoissait, il l'obligeait à exorciser cette chose qui l'empêcherait, de toute manière, de continuer dans ce genre de vie. Nul doute qu'elle ne lui aurait point reproché son exclusivisme s'il en était venu à s'opposer à cet éloignement. Repensant à celle vers qui il était allé à la terrasse d'un café, il avait l'impression d'avoir affaire à une autre personne.

À l'heure du départ, elle faillit renoncer et il dut faire émerger du tréfonds de son être une ressource enfouie, afin de ne pas succomber à l'envie de la retenir auprès de lui. Il l'assura qu'il l'attendrait tout en l'exhortant à persévérer ; vu qu'elle tenait soudain un propos défaitiste. Tandis qu'il lui rappelait combien elle s'était investie sur ce projet, il la vit retrouver de l'allant. Il agissait ainsi pour son bonheur, occultant le sien propre. Après qu'elle se fut envolée vers ce monde qui paraissait l'appeler, il se sentit abandonné et insignifiant. Il pleura un long moment à chaudes larmes.

Depuis la Tanzanie, où elle effectuait une mission pour Médecins du Monde dans la province de Shinyanga, elle lui écrivit, au début, de longues lettres où elle lui expliquait son travail et tout ce qu'elle vivait. Qu'elle fût enfin dans sa vraie vie le réjouissait, en dépit de la meurtrissure du manque. Puis, prétextant une lourde charge, ses tendres et belles missives, par lesquelles elle avait montré une prédisposition pour l'écriture, s'espacèrent. Au terme d'un mois et demi sans la moindre lettre, il reçut un jour celle de l'inexorable rupture. Elle y relatait sa rencontre avec un médecin, un homme avec qui elle partageait les mêmes aspirations. Elle avouait que cet élan vers lui s'était produit avec une étrange spontanéité. Elle lui confiait aussi que cette expérience l'avait tant changée qu'il n'accepterait plus la femme qu'elle était devenue tout en arguant qu'une existence ancrée dans le matériel l'insupporterait. Elle le remerciait, enfin, de l'avoir poussée à partir à l'heure où elle remettait en cause cet engagement. « *Le souvenir de ta magnifique générosité restera gravé au fond de mon cœur et tu demeureras également mon premier grand amour* », déclara-t-elle.

Il essayait de l'imaginer, épanouie et pleinement heureuse avec cet homme, profitant de ce que l'image de son visage et de ses jolis yeux à l'iris noisette en forme d'amande étaient encore vivaces dans sa mémoire. Elle lui manquait tant, parfois, qu'il aurait voulu être assez fou pour débarquer en plein milieu de son nouveau bonheur, tel un pachyderme dans un magasin de porcelaine. Par de belles rimes, il s'efforcerait de reconquérir son amour. Or il était tristement raisonnable et, de surcroît, piètrement fier. Il trouvait à présent dommage de n'avoir pas su saisir l'opportunité de partir avec elle et, dans le giron de leur harmonie, apprendre à donner aux indigents. Il y aurait fait œuvre utile, alors qu'il n'était qu'une quantité économique dans ce système inauthentique et corrompu par l'argent. Nulle femme n'entendrait plus ce secret, qu'il n'avait pas eu la force de partager avec elle, puisque cette désillusion l'exhortait désormais à se repaître de solitude. Il se rendit à la terrasse où il l'avait rencontrée, s'y assit à une table, en nourrissant l'utopique espérance d'un sublime enchantement. Le soir venu, il attendait le sommeil, mais le cœur heureux, malgré tout, de la savoir dans son royaume. Il lui arrivait aussi de quémander au Ciel la faveur d'un prompt trépas au détour d'un rêve.

Un rêve étrange

Brice se chercha une compensation via le travail. Nul doute que son sort ici-bas consisterait dorénavant à lutter contre l'adversité qu'une force maligne ferait perfidement s'éterniser. Que n'avait-elle pitié de sa pauvre âme et que ne l'aidait-elle plutôt à expier dans une douce béatitude. En voiture, il mettait la radio à tue-tête et, le soir, à l'hôtel ou chez lui, il s'abreuvait de télévision. Il tentait ainsi de juguler le ressassement. Or, pareilles à une ribambelle de jeunes animaux s'ébattant dans l'enclos, les pensées se plaisaient à le harceler. Plus il s'escrimait à fuir la réalité, plus elle lui revenait en pleine figure à la manière d'un boomerang. Il devait donc en prendre son parti et affronter stoïquement ce chemin d'existence, vraisemblablement pavé d'écueils, d'obstacles semblables à des marches. Des portes se fermeraient et d'autres s'ouvriraient, le plaçant face à l'angoissante obligation de braver continûment l'inconnu. Finirait-il par y trouver de l'excitation ?

Alors que sa vie traversait une zone de grand plat, il se produisit un événement étrange sous la forme d'un songe qu'il fut tenté de prendre, tout d'abord, pour une réaction de son imaginaire lassé par ce pesant train-train. Sa voix intérieure l'incita néanmoins à ne pas interpréter celui-ci aussi simplement. Ses rêves sombrant, d'habitude, dans l'évanescence dès le réveil, il fut surpris par la résistance et, surtout, par la clarté de celui-ci ... certes, une modeste bribe. Il y marchait vers une enfant, qui en faisait autant, quoiqu'ils restaient étrangement distants l'un de l'autre. Ce vécu durant le sommeil accrut le mal-être lié à sa déconvenue sentimentale et à la frustration que la privation de sa pleine masculinité provoquait. Il s'étonnait de ce que son subconscient s'ingéniait tout à coup à réveiller un désir de paternité difficilement relégué. Était-il une raison cachée et inaccessible à son entendement limité ? La souvenance s'amenuisant au fil du jour, il n'en pouvait examiner la symbolique. De la partie immergée du rêve, il essaya de faire sourdre un élément propre à préciser cette impossible rencontre avec une enfant. Forcé à une vision confuse, il s'en tint à l'analyse simpliste d'un empêchement imposé par sa stérilité.

L'image de la fillette du songe, qui ne ressemblait plus, à présent, qu'à une peinture embue, torturait son cœur en mal d'amour. Car son sentiment pour Charlotte ne s'était pas éteint et il nourrissait encore l'espérance d'un retour impromptu. Au-delà de ce désir subconscient, il lui souhaitait toutefois d'accomplir son idéal de bonheur. Il n'aurait donc pas été ravi de la voir revenir en pleine désillusion. Se remémorant aussi qu'elle lui avait écrit s'être métamorphosée, tous deux souffriraient d'une dichotomie de leurs désirs de vie. Quand la raison reprenait le dessus, il réalisait l'inutilité des regrets.

Quoique les images du songe finirent par s'échouer dans les abysses de l'oubli, la perspective d'une enfant visitant son être au détour du voyage dans l'autre dimension l'aidait à s'endormir plus paisiblement. Elle adoucissait, de même, la dureté de ce retour dans la solitude. Au cours des semaines qui suivirent, nulle vision ne vint plus émerveiller son âme. Il s'étonna de vivre cela comme un nouvel abandon.

Un bonheur impromptu

-1-

Convaincu de la particularité de son destin et que l'épreuve y était une constante nécessaire, il tâchait d'en accepter avec abnégation la contrainte. Sa prédilection n'allant pas au religieux, le don de soi n'avait pas sa faveur. La mithridatisation de son cœur par l'accoutumance au malheur montrait, en outre, un penchant inconscient pour le sacrifice. Sauf l'impératif lié à son activité de commercial, il se serait facilement retranché dans la misanthropie. Il se satisfaisait donc de cette existence insipide, préférant cette inanité à un nouveau déboire, peut-être, plus cuisant.

Il espérait secrètement que des impondérables, semblables à de faux hasards, vinssent mettre un peu de lumière dans cette sombre vacuité. Comme influencé par son espérance, Monsieur Troileau, un client avec qui il entretenait un rapport amical depuis deux ans environ, l'invita à participer à un repas qu'il organisait avec une partie du personnel de l'entreprise. Si cette invitation ne l'enthousiasmait pas vraiment, il n'osa guère la décliner. Il estimait ce moment en société plus sain qu'un ridicule abêtissement devant le petit écran dans la chambre d'hôtel. La Providence se servait-elle de ce prétexte pour faire tourner à nouveau la roue de son existence ? Pendant le repas, il dut se départir de son humeur chagrine et exhiber, plutôt, une joie artificielle face à son client. S'étant forcé à souscrire à l'ambiance générale, il ne put que suivre le mouvement quand la majorité des convives décidèrent de finir cette sympathique soirée dans un night-club. Monsieur Troileau s'abstint, pour sa part, de passer le cap d'une trop grande familiarité avec ses employés.

Dans la boîte de nuit, Émeline, la secrétaire de direction, le tira par la main vers la piste. Puis elle l'incita à gesticuler au rythme frénétique de musiques variées. Il ne s'était plus dépensé de la sorte depuis une éternité. Aussi avait-il l'impression d'expulser du tréfonds de lui-même une énergie négative et, avec elle, une épaisse angoisse. À l'occasion des slows, il invita Émeline ; puisqu'elle avait apparemment saisi cette opportunité pour lui témoigner son intérêt. Le contact de son corps réveilla des sensations refoulées, faisant sourdre un reste d'amour pour Charlotte. Invoquant la fatigue, il interrompit cet agréable rapprochement afin de bien montrer à cette personne qu'il n'appartenait pas à la caste des prédateurs, mais à une race d'amoureux en voie d'extinction. Il avait conscience que cette préférence accordée au sentiment tendait à le ranger parmi les individus rétrogrades. Après avoir salué le groupe, il embrassa amicalement Émeline qui glissa un bristol dans la poche de son blazer.

Allongé sur le lit de la chambre d'hôtel, il repassa dans sa tête le film de la soirée tout en réfléchissant à cet événement de l'ordre du destin ; car son client avait paru n'être que l'instrument d'une force occulte. N'étant pas féru de mysticisme, cependant, il ne soupçonnait pas celui-ci d'avoir eu l'inconsciente mission de le guider vers une porte, puis, l'œuvre accomplie, d'avoir été induit à s'éclipser ni Émeline d'être venue à sa rencontre au seuil de cette dernière. Il appréhendait cette instigation à prendre le chemin d'un nouvel amour, inconscient néanmoins de ce que sa résistance n'empêcherait guère celui-ci de l'alpaguer.

-2-

Au terme de mille atermoiements intérieurs, Brice décida d'appeler Émeline au numéro de portable noté sur le bristol. Il était curieux de découvrir la personnalité cachée derrière cette écriture très élégante.

- Pourrais-je parler à Émeline, je vous prie ?
- C'est elle-même.
- Brice Szepanowski à l'appareil, vous m'avez …
- Comment vas-tu, Brice ? Je suis contente de t'entendre.
- Comme je viens prochainement à Bordeaux, je me suis dit que nous pourrions … enfin, que tu serais peut-être libre pour dîner, proposa-t-il gauchement et en emboîtant son tutoiement.
- Quel jour viens-tu ?
- Mardi prochain.
- Mardi, mardi … répéta-t-elle d'une voix traînante. D'accord, je vais m'organiser. Quelle heure ?
- Par contre, quand je passerai voir Monsieur Troileau, il sera mieux de garder une attitude professionnelle, rétorqua-t-il.
- C'était bien mon intention. Même si les collègues m'ont un peu charriée après ton départ l'autre soir.
- Qu'avons-nous fait d'autre que danser ensemble ?
- Je te rassure, il s'agissait de vannes gentilles. Alors, l'heure ?
- Dix-neuf heures ou dix-neuf heures trente. Qu'en penses-tu ?
- Fixons sept heures trente. Le mieux serait que tu passes me prendre en bas de mon immeuble. Je te donne l'adresse. Tu as de quoi noter ?

Ce rendez-vous avec Émeline tendit à raviver son entrain. Celle-ci ayant laissé entendre qu'elle ne disposait que d'une liberté mesurée, il craignait cependant qu'elle ne se décommandât entre-temps. Heureusement, son vécu l'avait converti au fatalisme. Aussi tâchait-il de prendre dorénavant les retournements de situation ou les horions avec un relatif détachement. Cette attitude ne revenait-elle pas à démissionner face aux difficultés, à s'enfoncer la tête dans le sable plutôt que de regarder la réalité en face et de s'employer à la dominer ? Sauf qu'il avait l'impression d'être privé, parfois, de tout libre arbitre et de devoir subir les aléas d'une vie visiblement marquée du sceau de l'imprévu. Par conséquent, pluie et soleil se succédaient avec une frappante célérité et vice versa.

En définitive, le temps s'écoula jusqu'à cet hypothétique bonheur sans qu'aucune mauvaise surprise ne vînt en ternir la perspective. Émeline s'en tint, comme prévu, à une attitude strictement professionnelle, mais aussi plutôt indifférente. Il se demanda donc si elle n'avait pas décidé, entre-temps, de mettre un terme à cette relation embryonnaire. Il venait juste de sortir de l'entreprise quand la sonnerie du portable résonna dans sa poche ; ce qui ne manqua pas de révolutionner son pauvre cœur hypersensible. Persuadé qu'elle l'appelait pour lui signifier son nouvel état d'esprit, il reçut comme un merveilleux cadeau la confirmation de leur rendez-vous via la voix douce et chaude de cette dernière. Un fait qui corroborait, par conséquent, la défaillance de son intuition et sa sempiternelle prédisposition à la négativité. Ce prometteur futur proche eut pour effet de lénifier la mélancolie en son cœur.

-3-

Vêtue d'une parure blanche sur laquelle retombaient ses longs cheveux blonds joliment ondés, Émeline ressemblait à une amaryllis croisée avec un hélichrysum. Son sourire radieux parfaisait cet ensemble d'une luminosité magnifique. Brice lui laissa l'initiative du restaurant, puisqu'elle était dans son fief et mieux à même de choisir un endroit sympathique. Le tempérament extraverti d'Émeline installa aussitôt une agréable connivence, un climat propice à l'apaisement d'une anxiété, désormais réflexe, chez lui. Une belle spontanéité qui l'amenait à imaginer l'éventualité d'un destin entre eux. Il se mit à singer l'attitude de cette dernière au bureau et elle en rajouta. Il s'ensuivit un fou rire qui tendit à les rapprocher plus encore. Retrouvant son sérieux, elle lui expliqua que son patron, sous des dehors conciliants, n'apprécierait guère qu'elle adoptât un ton par trop familier avec un fournisseur. Elle soignait aussi sa réputation, afin qu'il n'en arrivât pas à lui manquer de respect ; même si elle n'ignorait pas qu'il en pinçait pour elle. Il s'en était toujours tenu, néanmoins, à d'aimables allusions. Elle avoua enfin qu'elle n'aimerait pas faire un autre travail et qu'elle ne trouverait pas, d'ailleurs, une meilleure rémunération.

Ce face-à-face avec une femme ressuscita le souvenir de Charlotte, bien qu'elles étaient physiquement à l'opposé l'une de l'autre. Certes, la personnalité de sa convive envoya rapidement cette affection résiduelle au rebut. Elle avait même un beau pouvoir guérisseur. Il s'étonnait que cette fille au physique de top-modèle perdît son temps avec lui, comme il s'estimait ordinaire, d'une intelligence très moyenne et nullement un exemple de réussite professionnelle. Avec Charlotte, au moins, il n'avait pas eu le sentiment de détonner, étant donné la similitude de leur simplicité et, finalement, de leurs idéaux de vie. Quoiqu'il n'eût encore d'Émeline qu'une brillante apparence. Si elle avait tendance à poser, il espérait qu'elle n'était pas, au fond d'elle, aussi imbue de son avantage physique. Il partit instinctivement en quête de l'éventuelle autre femme derrière cette superbe.

    - Quand je venais voir Monsieur Troileau, je n'envisageais pas d'inviter un jour sa ravissante secrétaire à déjeuner ou à dîner.
    - Tu vois, il ne faut jamais jurer de rien, ironisa-t-elle avec un généreux sourire.
    - Ne prends pas mal ce que je vais te dire Émeline, mais j'ai l'impression que tu t'ingénies à éblouir les hommes. Il est possible que tu le fasses d'instinct. Ceci dit, je te trouve très belle.
    - Franchement, la beauté n'est pas toujours un avantage. Je préférerais, parfois, être moins attirante ...
    - Là, tu manques de sincérité, ma chère, coupa-t-il. Pense à toutes ces filles d'un triste commun qui aimeraient avoir ta chance.
    - Bon, on ne va pas épiloguer toute la soirée sur ma plastique. Il est vrai que je plais beaucoup aux hommes, mais je n'en profite pas. Je fuis même les play-boys dont le seul désir est de se pavaner avec une belle fille et de la mettre dans leur lit. Sache que le superficiel n'est pas ma tasse de thé et que je ne suis pas tant accessible ... même si avec toi, je le reconnais, j'ai agi avec audace.
    - Je t'ai excédée, pardonne-moi. Au moins, à présent, je sais ce qui te met en colère ...
    - Je ne suis pas fâchée, interrompit-elle. En revanche, cette focalisation sur ma prétendue beauté me surprend. Si tu m'as rappelée avec l'intention de faire simplement une conquête, apprends que ce manque de profondeur aurait le don de m'agacer et de me décevoir.

- Je l'avoue   Je suis un pauvre représentant de commerce ... et, de plus, pas très futé.

- Que signifie ce jeu stupide, Brice ? Pourquoi cherches-tu à te diminuer, tout à coup, et à te rendre antipathique ? J'étais si contente de passer cette soirée avec toi et que nous puissions commencer à nous apprécier.

- Merci, Émeline, rétorqua-t-il à brûle-pourpoint.

- Pourquoi me remercies-tu ?

- Pour ton authenticité. Tu es une personne de qualité que j'ai envie de connaître maintenant.

- Si je comprends bien, tu m'as manipulée. Tu es vraiment un garçon bizarre. Quelle est la suite du jeu que je puisse m'amuser un peu moi aussi ?

- Excuse-moi, je ne l'ai pas fait volontairement. J'avoue que ce que tu montres de toi m'a fait craindre, tout d'abord, l'existence d'une trop grande différence entre nous.

- Ce dîner pourrait n'être que le début d'une belle amitié, après tout.

- Tout à fait. D'ailleurs, je te verrais plutôt avec un bel italien roulant en Ferrari qu'avec moi.

- Primo, tu es très beau garçon et, secundo, je te répète que je ne cherche pas ce genre de parvenu ou d'aventurier. Non seulement tu es bizarre, mais tu marques de psychologie.

Il changea brusquement de stratégie, réalisant qu'elle commençait à le prendre en grippe et risquait de le planter là en plein milieu du repas. S il ne s'était pas mis en tête de la séduire ou de s'investir dans une relation avec elle, il ne souhaitait pas qu'elle gardât le souvenir de cet homme qu'elle regardait dorénavant d'un œil critique. Elle n'avait pas essayé de finasser, affichant ainsi sa belle sensibilité et son aversion envers le frivole. Attiré par sa beauté, tout d'abord, tel l'éphémère par une flamme, il éprouvait le désir de découvrir ces qualités qu'elle disait ne pas donner à voir à tout le monde.

Au fil du dîner, il parvint à l'amadouer, à lui faire oublier cette apparence qu'il s'était inconsciemment fabriquée pour la découvrir. Il lui narra son concubinage avec Charlotte, dont il vanta la grandeur d'âme, tout en spécifiant que ce passé ne hantait plus son cœur. Le drame de sa stérilité appartenant à un jardin secret, un mal qui l'incitait au célibat, il lui fit croire qu'il appréhendait la souffrance de la désillusion depuis cette rupture. Eut-elle connaissance de son infirmité, elle aurait compris d'où lui venait sa propension à l'autodénigrement ainsi que l'origine de sa fuite instinctive face au frémissement d'une relation entre eux. Il craignait qu'elle en arrivât à désirer fonder une famille, une aspiration qui lui ferait l'effet d'un coup de poignard en pleine poitrine. Ainsi son envie d'aller vers elle butait contre la peur d'un inéluctable rejet.

Elle refusa sa proposition d'un dernier verre dans un pub branché, arguant que la journée de travail commençait tôt le matin et que celui-ci exigeait de la concentration. De surcroît, le sourire ironique de son directeur, quand il lui arrivait d'avoir les traits tirés, avait le don de l'agacer. Tandis qu'il la raccompagnait chez elle, il s'abstint de lui dire qu'elle n'avait pas conscience d'être un peu amoureuse de Troileau. En fin de compte, il répugnait à la placer face à un sentiment inavoué qui ne manquerait pas de la pousser dans les bras de ce dernier.

- Je te remercie pour ta stoïque patience, Émeline. J'ai beaucoup apprécié ta compagnie.
- La soirée a mieux fini qu'elle n'a commencé, répondit-elle. Tu m'as semblé un peu tourmenté, mais je n'ai de ta vie que des bribes. Je reconnais, cependant, que tu es un garçon attachant.
- J'en dirais autant de toi. Je ne détesterais pas continuer à lever le voile de cette personne que tu es véritablement.
- Il s'agit d'une drôle d'aventure, fit-elle remarquer.

- Quelles sont ces choses graves que tu m'as cachées ? Demanda-t-il tout en l'embrassant furtivement sur la joue.

- Chaque chose en son temps, rétorqua-t-elle joyeusement.

- Dois-je en déduire que tu acceptes de me revoir ?

- Oui, Brice, dit-elle en le regardant dans les yeux.

- Cela ne va pas être simple à cause de mes déplacements sur le Sud-Ouest. Je ferai donc en sorte de privilégier la tournée vers Bordeaux dorénavant.

- Et quand comptes-tu revenir ?

- Dans quinze jours. Il faut quand même que je te laisse le temps de te préparer.

- Je vais essayer de te surprendre, dit-elle en lui pinçant gentiment la joue.

Leurs lèvres s'unirent en un baiser tendre, puis passionné, tandis que les mains de Brice s'aventuraient en de véhémentes caresses sur le corps d'Émeline.

- Bon, il est préférable que je rentre, lança-t-elle en réajustant sa jupe. On s'appelle ?

- D'accord.

Elle l'embrassa du bout des lèvres et descendit de la voiture d'une manière preste. Il la regarda marcher avec grâce, et un sensuel balancement des hanches, jusqu'à la porte de verre de l'immeuble où elle se retourna pour lui faire un dernier signe de la main. Il mit le contact et démarra calmement.

-4-

Durant les jours qui suivirent, Brice ne cessait de penser à Émeline, à leur baiser fougueux, promesse d'une sensuelle effusion. Il repoussait la crainte qui s'escrimait à taler son mental et à le renvoyer sans cesse à son problème ; car il ne l'imaginait pas acceptant de faire l'impasse d'une pleine réalisation de soi à cause d'un homme atteint d'une infirmité. En effet, elle lui était apparue saine, équilibrée, réaliste et, d'une certaine façon, conformiste. Par conséquent, il la voyait entourée de deux ou trois enfants qu'elle se plairait à éduquer avec ces belles valeurs qu'elle semblait porter en elle. Ainsi il ne pourrait dissimuler son handicap très longtemps. Un jour, elle ne manquerait pas de lui glisser à l'oreille : « J'aimerais avoir un bébé de toi ». Il aurait l'impression de la flouer en ne lui faisant cet aveu qu'une fois leur relation installée. Il convenait donc qu'il trouvât le courage de l'informer, alors que celle-ci était en train d'éclore.

Son cœur frémissait à l'idée de la retrouver bientôt, de la serrer à nouveau dans ses bras et de s'enivrer de ses baisers comme d'un suc divin. Il désirait redécouvrir la saveur de l'amour, s'en baigner l'être, fût-ce pour un temps seulement. Une sève guérisseuse qui le libérerait magiquement de son angoisse, de sa peur phobique de n'être qu'un paria et forcé par la gent féminine à un morne ostracisme ? Sans l'affection d'une femme, il se trouvait contraint d'exister tristement, de tirer le boulet d'une dure condition. Finirait-il par percer le mystère de cet état, de cette apparente fatalité ?

En se remémorant la maestria avec laquelle l'impromptu l'avait porté avec célérité vers Émeline, il se sentait enclin à se laisser surprendre plutôt que de se projeter dans le futur. Cette

Euphrosyne à l'irrésistible charme ne représentait-elle pas un généreux clin d'œil de la Providence ? Que tout cela pût être l'œuvre d'une main invisible lui mit, soudain, du baume au cœur. Ce besoin subit d'idéaliser sa vie l'étonnait, étant donné le regard réaliste et austère qu'il portait, d'ordinaire, sur cette dernière. Une disposition d'esprit qui présageait, sans doute, un changement intérieur.

Bien qu'ils n'eussent prévu de se revoir que dans une semaine environ, il eut l'idée de l'appeler et de lui proposer de passer le dimanche ensemble. Il s'attendait toutefois à un aimable refus comme elle ne lui était pas apparue si disponible.

- J'aimerais beaucoup, mais …dit-elle d'une voix enthousiaste.
- Tu trouves que c'est trop précipité, n'est-ce pas ! Je te comprends. Il est vrai que nous nous sommes vus il y a trois jours à peine.
- Non, Brice, là n'est pas la question. Au contraire, ton idée m'enchante. Écoute, voyons-nous dimanche … je vais m'organiser.
- Si tu parlais plus clairement, je pourrais peut-être saisir ce que tu essaies de me dire. Pourquoi dois-tu t'organiser ?
- Pour rien. C'est une chose que je ne peux pas t'expliquer … enfin, là, au téléphone. À quelle heure comptes-tu arriver ?
- Disons vers onze heures. S'il fait beau, nous irons nous balader au bord de l'Atlantique.
- Entendu. Bisous et fais attention sur la route.
- Ne t'inquiète pas. Je t'embrasse bien fort, Émeline.

Le téléphone raccroché, il ne chercha pas à imaginer la nature du secret de cette dernière. Il préférait se laisser subjuguer ; mais, d'ailleurs, il pensait que leur relation n'en serait que plus intéressante s'il s'y glissait quelque énigme de part et d'autre. Il ne se sentait pas prêt, quant à lui, à dévoiler le sien.

-5-

- Oui ?

- Bonjour Émeline. C'est Brice, dit-il d'une voix joyeuse à l'interphone.

- Bonjour, Brice. Je descends tout de suite.

Le corps fiévreux et le cœur heureux, il fit les cent pas sur le morceau de chaussée devant l'immeuble. Après une bonne vingtaine de minutes d'attente, il commença à s'inquiéter. Se souvenant qu'elle lui avait dit, la fois dernière, vouloir le surprendre, il trouvait logique qu'une jolie fille cherchât à se faire désirer, voire qu'elle mît la patience de son galant à l'épreuve. Il l'imagina s'excusant, son harmonieux visage éclairé par un ravissant sourire, puis l'embrassant avec une délicieuse tendresse. Ces pensées positives empêchaient l'agacement, un penchant de sa nature foncièrement anxieuse.

Il l'aperçut, soudain, en train de franchir la porte de verre, habillée d'une robe couleur jaune bouton d'or, avec l'impression qu'une étrange créature – semblable aux pétales de la chélidoine et auréolée de lumière – sortait d'une autre dimension. Une hallucination furtive qui baigna ce moment d'une sublime irréalité. Cette fantasmagorie évanouie, telle la vision d'un rêve au réveil, il vit Émeline à quelques mètres devant lui et tenant une petite fille par la main. C'était un angelot aux cheveux frisés blonds vénitien et paré d'un joli vêtement bleu. Il s'avança mécaniquement vers elles.

- Brice, je te présente Prisca.

- Bonjour Prisca, dit-il en s'agenouillant pour embrasser la joue potelée de l'enfant.

La peau laiteuse de la fillette exhalait une odeur particulière qui le troubla fortement.

- C'est mon petit amour, renchérit Émeline.

Il remarqua son regard inquisiteur, tandis qu'elle lui baisait les lèvres.

- Elle est craquante et le portrait de sa mère. Quel âge a-t-elle ?

- Deux ans et demi.

- Je comprends maintenant pourquoi tu avais besoin de t'organiser.

- Tu ne m'en veux pas, j'espère, de n'avoir pas parlé tout de suite de cette enfant.

- Tu me fais une merveilleuse surprise au contraire. Bien, où allons-nous ?

- Pourrais-tu, d'abord, me conduire chez mes parents pour que je leur confie Prisca jusqu'à ce soir ?

- Tu ne préfères pas que nous emmenions cette belle poupée avec nous ? J'en serais ravi, tu sais.

- Ton intention me touche beaucoup, Brice, mais c'est une vraie dormeuse. Regarde, elle se frotte déjà les yeux.

- Tu as raison, elle sera mieux chez sa mamie et son papy.

Il l'accompagna chez ses parents à Pessac où elle déposa rapidement Prisca qui s'était quasiment endormie durant le trajet, puis ils roulèrent en direction d'Arcachon où ils baguenaudèrent, main dans la main, le long de la jetée. Elle fit remarquer, en riant, que cette journée magnifiquement ensoleillée laissait augurer d'une suite prometteuse entre eux. S'arrêtant de marcher, il la serra dans ses bras et leurs lèvres se joignirent pour un long baiser. Dans la jolie nitescence qui enduisait ses yeux couleur émeraude, il crut percevoir la meurtrissure de son âme, surpris d'être l'objet de ce genre d'impression ainsi que d'une vision mystique. Que ne lui confiait-il le tragique tourment en son cœur. Dans leurs souffrances mutuelles, ils trouveraient sans doute un chemin de communion.

Après un repas composé de fruits de mer et de poissons, Émeline éprouva l'envie de s'allonger sur le sable pour profiter de l'agréable rayonnement du printemps. Tout en l'embrassant fougueusement, il se risqua à caresser la peau veloutée de ses cuisses ; mais elle retint, avec force délicatesse, sa main qui s'apprêtait à franchir le cap de zones plus intimes. Il apprécia en son for intérieur cette pudeur conforme, en fin de compte, à la personnalité qu'il commençait à discerner. Il longea les harmonieux linéaments de son visage, caressa ses longs cheveux soyeux, contempla les précieuses nuances de ses yeux tout en plongeant dans leur subtile profondeur. Elle rit aux éclats, une joie spontanée et juvénile qui le transporta de bonheur ; puis elle l'attira contre elle, afin de lui donner un délicieux avant-goût de sa sensualité. Sur le point de lui chuchoter sa flamme à l'oreille, il imagina finalement qu'elle jugerait cet élan verbal trop hâtif.

Tandis qu'ils discutaient à bâtons rompus sur divers sujets, assis côte à côte face à la mer, Émeline en vint à s'épancher sur les moments forts de son vécu. Elle évoqua l'échec avec son ex-ami, le père de Prisca, mais garda pudiquement pour elle les causes réelles de leur séparation. Respectueux de son jardin secret, il ne poussa pas la confidence. Il pressentait, de surcroît, l'existence d'un lourd contentieux entre cet homme et elle. Celui-ci ayant rapatrié le Brésil, pays dont il était originaire, elle lui dit regretter que cet éloignement privât sa fille de l'affection de son père. Comme elle avait posé la tête sur son épaule, il se plut à humer l'odeur de ses cheveux. Il savourait ce pur bien-être à côté d'une Aglaë au succulent charme tout en scrutant l'union de l'azur de la mer et du cérulé du ciel à l'horizon. S'éployant avec munificence sur ce panorama sublime, le soleil faisait splendidement brasiller les vaguelettes et scintiller le sable blond et siliceux.

- Quel ravissement ! Ce moment m'apparaît hors du temps, lança-t-il en soupirant.
Elle se serra plus fortement contre lui.
- Brice.
- Oui.
- Je me sens bien avec toi.

Il l'embrassa avec gourmandise, le corps vibrant d'un instant désir de volupté. Refrénant sagement cette excitation des sens, elle suggéra une dernière promenade le long de la plage. Il la souleva dans ses bras, feignant de la jeter dans la mer pendant qu'elle s'agrippait fortement à son cou en poussant d'adorables cris. Ils s'enivrèrent de rires et tournoyèrent ensemble jusqu'à s'affaler sur le sable, grisés et haletants.

Sur la route du retour, elle récupéra sa fille. Brice s'émerveilla de la grâce candide et du regard clair, déjà très expressif, de cette dernière. Comme elle avait insisté pour qu'il montât chez elle, il put y observer discrètement Prisca, se ravir de l'ineffable attrait de ses sourires et de son corps grassouillet. Il s'étonnait de cette magie qui lui permettait de goûter la joie d'un foyer, d'éprouver la sensation d'amour pour une enfant qui ressemblait, en outre, à un doux petit ange. Il concrétisait, en quelque sorte, la rencontre avec la vision de son rêve, un enchaînement digne d'un conte de fées. Quand il fut l'heure de partir, il prit Prisca dans ses bras pour la baisoter et s'emplir des effluves de sa peau de bébé. La reposant sur le sol, il tourna son visage de façon à dissimuler ses yeux embués par l'émotion. Alors qu'elle l'enlaçait, comme pour s'associer à son émoi, il se demanda comment Émeline interprétait son trouble. Naturellement, elle ignorait que sa fille lénifiait un obsédant tourment intérieur – celui qu'elle avait deviné – et comblait un horrible manque.

Il retourna à Toulouse, le cœur euphorique, tant cette journée avait été gratifiante et, peut-être, un signe prodromique de la fin de son chemin d'épreuve. Émeline ayant dévoilé avec honnêteté sa véritable personnalité, il découvrit l'être au-delà de la beauté plastique et d'une admirable sensibilité. Une intuition s'affermissait quant au caractère non contingent de cette rencontre qui n'était en aucun cas fortuite. Il nourrissait l'ardent désir de la rendre heureuse, se réjouissant aussi de ce qu'elle eût le statut de mère célibataire. Ainsi sa stérilité ne l'accablerait guère, mais la désolerait simplement.

-6-

Le samedi suivant, Brice retourna à Bordeaux. Émeline l'embrassa avec amour tout en avouant que le temps s'était lamentablement éternisé depuis leur merveilleuse après-midi dominicale. De son côté, il intériorisa son sentiment ; car il répugnait à faire étalage de son incurable hypersensibilité. Il craignait, surtout, qu'elle trouvât cette tendance peu virile et pas très sécurisante. Son infirmité n'altérait-elle pas, déjà, sa masculinité ? Même si, heureusement, celle-ci ne l'avait point rendu impuissant.

En fin d'après-midi, il l'emmena à Pessac pour qu'elle y fît garder Prisca. Il culpabilisait de l'inciter, par le truchement de ce désir de bonheur, à se départir momentanément de son devoir de mère. Il s'opposa à son intention de le présenter à ses parents et, par bonheur, elle n'eut pas la mauvaise idée de le tirer par la manche. Un refus qui faillit ennuager leur joie. Il loua ce sacrifice auquel elle consentait dans le but de permettre la floraison de leur relation ; en effet, il se souvenait quand elle lui avait déclaré, sans ambages, que sa fille comptait bien plus que ses petits plaisirs personnels. Fût-ce une mère indigne, il n'aurait guère encouragé, de toute façon, sa conduite amorale.

Elle émit le souhait de profiter pleinement de ces heures avec lui, s'empressant d'ajouter que sa seule présence suffisait à la combler. Elle le guida vers un restaurant branché dans le centre de Bordeaux où sa belle plastique suscita des regards envieux. Un intérêt qui ne manqua pas de flatter l'orgueil de Brice, même s'il ne se complaisait pas, en général, dans le machisme. Ils s'amusèrent de leur première sortie ensemble, de cette apparence qu'il s'était évertué à préserver et il la taquina sur la façon qu'elle avait eue de jeter son dévolu sur lui lors de la soirée avec ses collègues de travail. Plutôt que de répliquer fièrement, elle le regarda en souriant ; un splendide regard vert qui le subjugua et le pénétra en son âme. Elle suggéra ensuite un bain dans les décibels du night-club témoin de leur rapprochement. Ils s'y trémoussèrent sur des rythmes endiablés, jouèrent à danser pareillement à la première fois, puis Brice prit plaisir à sentir le corps de cette dernière vibrer d'intimes désirs. Tandis qu'il la tenait serrée contre lui, il lui vint à l'esprit qu'Émeline et Prisca n'étaient, peut-être, qu'un enchantement en passe de se déliter et que la réalité de sa solitude s'apprêtait à le tourmenter plus durement encore.

Émeline le convia à passer la nuit chez elle où il l'aima frénétiquement. Tout en la buvant avec avidité, il se délecta des voluptueuses contorsions de son corps magnifiquement galbé. La passion débordante et l'exquise jouissance de celle-ci exacerbaient sa virilité. Il s'étourdissait d'elle, de sa peau soyeuse aux suggestives exhalaisons, de ses superbes et harmonieuses proportions, de son ardent besoin d'être possédée dans la plénitude de sa chair, de ses excitants gémissements. Parallèlement au bonheur de l'amener au faîte du plaisir, il aspirait, d'instinct, à sublimer cette limitation charnelle. Un passage vers une pleine osmose ! Ils s'endormirent dans l'étreinte tant leur besoin d'amour était grand.

Réveillés par la lumière du jour filtrant par les interstices des volets, ils ressentirent l'envie d'atteindre à nouveau le sublime sommet de la nuit et de s'élancer dans cette insondable dimension où corps et âmes se confondent.

- Je ne me souviens pas m'être sentie autant femme, confia-t-elle.
- J'aurais tellement aimé que ce divin délice n'eût pas de fin, renchérit-il.

- Grâce à cette symbiose de nos corps, nos cœurs sont liés à jamais maintenant. Donne-moi encore de tes caresses, de tes baisers et …

- Et ?

- De ton sexe, dit-elle avec un regard enduit d'une belle jubilation et impatiente visiblement de se nourrir d'un plaisir plus apothéotique.

- J'avais tant besoin que tu m'aimes, ajouta-t-elle. Toute la semaine, j'ai imaginé ce moment d'amour.

- J'ai bien senti ton manque, Émie, ironisa-t-il.

- Ah, parce que tu n'étais pas en manque, toi ! S'exclama-t-elle en riant.

- Je l'avoue, reconnut-il. Sauf que, me concernant, il ne s'agissait pas d'assouvir un bas désir. J'ai essayé de m'unir à ton être … conscient de mon incapacité, toutefois, à réussir une telle chose.

- Tu es idéaliste et extrêmement sensible, Brice. J'ai remarqué cette spécificité quand tu as serré Prisca dans tes bras.

- Tu es une grande sensible également.

- Justement ! C'est pourquoi ta tendresse envers ma fille m'a bouleversée.

- Je me demande si l'hypersensibilité n'est pas proprement féminine et une tare chez un homme, lança-t-il.

- Voilà une théorie machiste, mon cher. La dualité masculin/féminin est en chacun de nous. D'ailleurs, je confirme que tu es un homme … un vrai de vrai.

Elle se trémoussa contre son corps en l'embrassant goulûment.

- Mon amour, prends-moi, lui chuchota-t-elle à l'oreille.

Ils firent derechef l'amour, tels deux assoiffés se précipitant vers une source après avoir longuement marché dans le désert. Grisés par la jouissance, ils se promirent de s'aimer toujours, de ne plus vivre loin l'un de l'autre, de partager les joies, les peines ainsi que toutes les vicissitudes de la vie. La passion calmée, la lucidité se mit aussitôt à ranimer l'anxiété dans le cœur de Brice. Un réflexe inconscient de peur, même si celle-ci s'avérait dorénavant stérile.

-7-

Sa tournée de clients accomplie, Brice se précipitait chez Émeline, impatient de passer le week-end avec elle et son adorable enfant. Tous deux s'accommodaient de ce mode de vie, puisque la direction régionale de la société qui l'employait se trouvait à Toulouse et que son travail lui imposait de se déplacer du lundi au vendredi. Ainsi la clientèle bordelaise, et alentour, faisait l'objet d'une attention toute particulière. Ce pseudo-concubinage avec Émeline le renvoyait à son échec avec Charlotte, bien que ces deux relations n'étaient d'aucune façon comparables. Prisca s'étant habituée à sa présence, il pouvait s'emplir de la belle candeur et des joies d'enfant de cette dernière.

Émeline resplendissait, lumière d'une harmonie accroissant l'éclat de son regard vert. Brice l'encensait tout en regrettant que sa modeste situation professionnelle ne lui permît pas de la combler richement. Elle argua donc qu'un amour authentique valait mieux que les richesses superficielles de ce monde et qu'elle ne voudrait pas être avec un autre homme. Il vanta sa profondeur d'âme, observant la grande différence entre la personne qu'elle donnait à voir et la personnalité intime qu'il avait maintenant le privilège de connaître. Certes, les nobles principes et la sagesse de cette dernière mettaient en exergue ses propres carences. Tout en l'élevant sur un piédestal, il appréhendait ce jour où il lui faudrait se montrer dans sa triste vérité.

Elle le présenta à ses parents, des gens charmants qui l'accueillirent comme s'il fût déjà leur gendre. Une affection qui le toucha et le fragilisa en même temps. Là aussi, Brice se sentait en décalage avec Émeline. Il lui apparaissait qu'elle tissait habilement la trame de leur couple en attendant que leur vie commune, voire leur mariage devinssent un juste continuum. S'il ne lui déplairait pas de se construire un avenir avec elle, il vivait par avance la torture du cap difficile et nécessaire à franchir.

Lors de ses soirées chez son amie, Brice ne manquait jamais d'embrasser Prisca et de lui susurrer à l'oreille : « Bonne nuit, ma princesse adorée ». La proximité de cette enfant faisait alors trémuler son cœur, un inégalable bonheur qu'il attribuait à la Providence. Une nuit, il rêva d'elle. Brutalement réveillé, et dans l'impossibilité de se rendormir, il se leva doucement, pénétra à pas de loup dans la chambre de la fillette, puis, assis près du petit lit, il se mit à la contempler. Il effleura aussi de sa main les jolies boucles blondes et, de ses lèvres, la peau satinée à l'odeur de bébé. Il l'écouta respirer, souffle de vie dans ce petit corps fragile qui l'émouvait intensément. En la regardant, il imaginait celui qu'il n'aurait pas l'immense joie de concevoir à sa propre ressemblance. Des bras l'entourèrent, le faisant légèrement sursauter. Absorbé par sa réflexion, il n'avait pas entendu entrer Émeline. Elle l'embrassa tendrement dans le cou, mais respecta son désir de silence.

- Qu'y a-t-il, mon amour ? Finit-elle par demander.
Brice mesura la difficulté de confier ce qui obombrait son âme.
- Chéri, tu sais bien que tu peux tout me dire. Tu n'as pas confiance en ta chère Emie ?
- Il n'y a rien à dire, répondit-il d'une voix chevrotante.
- Que s'est-il passé avec Charlotte ? Elle a perdu un enfant ou … elle ne pouvait pas en avoir ?
Mains sur le visage, il pleura silencieusement.
- Pardonne-moi, mon amour. Je suis désolée pour cette question affreusement maladroite.

Cette manière de penser l'arrangea comme il n'était pas disposé à révéler ce qui le fragilisait tant.

Exutoire à l'angoisse tapie au fond de son cœur, Brice aima Émeline, cette nuit-là, avec la fougue du premier soir. Conscient qu'elle avait essayé de l'inonder d'amour, il la remerciait intérieurement de participer avec autant de libéralité à sa peine. Il ne doutait pas qu'elle s'efforcerait de le guérir de cette angoisse lorsqu'elle aurait connaissance de son origine. Il réalisait l'impératif d'avouer son secret, plutôt que de continuer à vivre dans le mensonge. En outre, il jugeait tout à coup malhonnête de la laisser se nourrir éventuellement d'une fausse illusion.

-8-

Ils envisagèrent de vivre plus complètement ensemble, Émeline manifestant le désir d'une vie conjugale stable et équilibrée. Cette décision requérant toutefois une organisation nouvelle au niveau professionnel, Brice l'invita à s'armer de patience pour quelques mois encore. De façon paradoxale, il éprouvait l'envie de cette plénitude avec elle et une certaine jubilation à retarder l'avènement, désormais inéluctable, de l'aveu. En définitive, il bénissait cette magnifique évolution de son existence tout en faisant l'heureux constat de la mutabilité du destin. Amour candide venu irriguer son cœur asséché par l'épreuve, Prisca l'aidait à oublier l'intime manque auquel sa stérilité le contraignait. Ce moment, où elle était apparue face à lui, avait été empreint d'une magie subtile comme si cet événement recelait une grâce.

À présent, il idéalisait l'avenir, le bonheur s'étant affermi et aucun souffle perfide ne s'ingéniant à le corrompre. Cet engagement de vie avec Émeline représentait néanmoins un changement d'état d'esprit et, surtout, un don de sa personne. Il espérait que la Providence cisèlerait cette œuvre magnifique en le guidant sur ce chemin.

- J'aimerais tant un bébé de toi, mon Brice adoré, lui dit-elle un soir.

Tel le hâle passant sur la nature, ces paroles eurent le don de flétrir une harmonie encore au stade d'une fragile floraison.

- Pourquoi as-tu fait ça ? C'est affreux, Émie ! Lança-t-il d'une voix blanche.

- Comment affreux ? Répondit-elle avec un air ébaubi.

- Tu ... tu as tout gâché, Émie !

- Brice, mon Brice, qu'est-ce qui se passe ? S'angoissa-t-elle.

- Il se passe que Dieu m'a enlevé ce droit ! S'écria-t-il.

Le regard mouillé de larmes, il aspirait soudain à disparaître sous terre.

- Mais, Brice ... pourquoi tu n'en as jamais parlé ?

Elle l'entoura de ses bras, mais il se dégagea nerveusement ; puis il s'enfuit de l'appartement en claquant violemment la porte.

L'immixtion sournoise de la discorde au cœur de son bonheur avait l'air d'un épouvantable cauchemar. Brice réintégra son appartement toulousain dont il n'avait pas encore résilié le bail. Il écouta les messages sur le répondeur de son portable tout en choisissant de faire le mort, en vue de réfléchir à ce nouveau revirement de sa vie. Émeline ayant exprimé son désir d'un nouvel enfantement, il mesurait l'immense écueil entre eux, dorénavant, et mettant l'épanouissement de leur couple en péril. Nul doute que la réaction de cette dernière face à son infirmité serait constructive. Il culpabiliserait cependant à cause de l'empêchement auquel elle se trouverait astreinte et guetterait donc sans cesse les signes prodromiques d'un affadissement de leur amour. En dépit de la dure souffrance que cette décision provoquait, il pensait préférable de ne pas l'associer à son malheur. Ainsi c'est à contrecœur qu'il se résolvait à renouer avec la platitude du célibat.

Quelques jours plus tard, il retourna à Bordeaux et, s'armant de courage, il expliqua à Émeline son état d'esprit tout en l'informant de la fermeté de sa résolution. Sidérée par son attitude, et le visage mâchuré par les larmes, elle le supplia d'oublier ce malheureux désir en affirmant que sa stérilité n'obérerait en rien la prospérité de leur union. Quant à lui, il s'obstinait à croire qu'elle déplorerait, tôt ou tard, cette impossibilité de construire un vrai foyer. Il se sentait poussé à cet acte, bien que nullement inspiré par son intuition à partir à la rencontre de son destin. Il fit valoir qu'elle verrait, un jour, le caractère bénéfique de cette rupture et la vérité de son amour. Transcendant sa faiblesse, il s'imposa une inflexibilité que le chagrin d'Émeline faillit mettre à bas.

-9-

Après un doux séjour dans une paisible oasis, Brice considérait cette nouvelle traversée du désert comme un acte insensé ; car il dépendait de lui, cette fois, de renoncer à l'épreuve. Il avait le sentiment de lutter avec un stupide entêtement contre son amour pour Émeline. Une auto-flagellation qui l'obligeait à une nouvelle marche sur le chemin aride d'une solitude dont il avait oublié la tristesse. Il se forçait chaque jour à un travail d'acceptation, ne voulant pas souscrire à la tentation de revenir en arrière. Cela ressemblait à une initiation au courage et à l'aguerrissement mental. Tout en s'imposant cette exigence, il avait l'impression d'y être subtilement instigué. Une force semblait l'empêcher de retomber dans la déréliction, voire de se mettre à convoiter derechef le repos de la mort. Il lui revint les conseils de son père, un soutien propre à dissuader les velléités d'aboulie.

L'inconséquence de son attitude s'apparentait à un reniement du bonheur, un rejet qui indiquait une inclination névrotique pour la souffrance. Incapable de freiner l'infernale spirale des ressassements négatifs, il se sentait faillir dans son effort de résistance aux affres du manque. L'image du visage en pleurs d'Émeline continuait de le harceler, suscitant son envie de courir vers elle. La noblesse d'âme de cette dernière avait contribué, sans doute, à faire grandir la sienne. Quant à Prisca, elle resterait l'idéal de l'enfant qu'il n'aurait pas. Il se demandait s'il n'avait pas piétiné, là encore, une bénédiction du Ciel.

Soucieux de ne pas tourmenter plus encore Émeline, et refusant de s'infliger une torture inutile, il démissionna de son travail. S'il n'était pas un adepte du mysticisme, il adoptait en l'occurrence une posture fataliste. Il espérait, au fond, en une inexorabilité des événements.

Un signe de la Providence

Six mois plus tard ...

-1-

Le temps passant, Brice s'était fait une raison et efforcé de dépasser l'angoisse de sa stérilité. Son amour pour Émeline s'étant affadi, il n'éprouvait plus désormais qu'une tendresse amoureuse. Il trouvait affreusement anxiogène cette inaptitude à éprouver un amour durable. La sincérité de cette dernière le renvoyait à sa propre médiocrité et à la superficialité de son chagrin. Un constat affligeant qui l'amenait à préférer une existence solitaire à une vie commune avec une femme. Il ne voulait plus revivre, de surcroît, la torture du mensonge ainsi que l'angoisse de son incapacité à combler le désir d'enfant d'une compagne, supputant aussi la difficulté d'envoyer son infirmité au fond de la géhenne de l'oubli.

Dans la nouvelle société où il travaillait, il entretenait un rapport privilégié avec Florent, un membre de l'équipe technico-commerciale qui l'invita, un jour, à une soirée chez lui. Il saisit cette occasion pour sortir d'une routine, à force, lassante. N'étant pas du genre à raconter sa vie, son collègue ne pouvait soupçonner la triste raison de cette solitude ni qu'il s'y était en quelque sorte astreint. Il imagina donc que Florent essayait de l'intégrer dans son univers avec le charitable projet de le rapprocher d'une de ses amies célibataires. Pour sa part, il envisageait seulement de se distraire et, en aucun cas, de se lier avec une femme, fût-elle pétrie d'attraits. Pourtant, ce faisant, il risquait de soumettre à une jolie tentation son cœur en mal de bonheur.

Florent habitait un appartement spacieux de la banlieue toulousaine. Après l'avoir présenté à la poignée d'invités présents, il fit visiter à Brice son domaine. Véronique, sa petite amie du moment, s'attelait à la disposition du buffet froid sur une grande table, assistée par deux charmantes personnes. La sonnette retentissait fréquemment et, moins d'une heure plus tard, le séjour comptait environ vingt-cinq invités. Florent avait déplacé certains meubles vers une autre pièce et aménagé une piste de danse sur laquelle un groupe se remuait, déjà, au rythme d'impétueuses mélodies. Concernant Brice, il se tenait dans un coin d'où il observait les trémoussements, plus ou moins harmonieux, des uns et des autres. Son ami vint l'inciter à participer à l'exubérance ambiante et il se prêta au jeu durant une quinzaine de minutes, puis il se dirigea vers le buffet pour ne pas avoir l'air de s'isoler dans sa bulle. Cette danse avait finalement désengourdi son cœur ; vu qu'il l'avait forcé à un austère repliement depuis sa rupture avec Émeline.

Il dialogua superficiellement avec deux ou trois convives, quoique les décibels rendaient la discussion plutôt laborieuse. De toute façon, son mal-être intérieur ne le prédisposait pas à la jovialité ni à l'échange. Il se força pourtant à une fausse extraversion, même s'il n'était pas, en général, d'une nature agreste. Heureusement, son travail consistait à vendre des produits techniques, un secteur où les clients n'appréciaient guère les bonimenteurs. Faudrait-il qu'il en soit un pour les convaincre, il n'aurait point opté pour cette voie.

- J'aimerais te présenter une amie, lui dit confidentiellement Florent.

Tout en faisant le constat d'un net progrès de sa propre intuition, il suivit celui-ci vers l'autre bout de la pièce où une jeune femme brune et longiligne se dépensait sur un air disco.

- Nadège, je te présente Brice, un pote du boulot.
- Enchanté, lança cette dernière. La voix déterminée – mais d'une sonorité agréable – et le regard assuré signalaient, de prime abord, une forte personnalité.
- Bonsoir, Nadège, répondit-il en l'embrassant spontanément sur les joues.
- Je vous laisse continuer de faire connaissance, dit Florent en donnant une tape discrète dans le dos de Brice.
- Vous savez danser le rock ? Demanda-t-elle à brûle-pourpoint.
- Disons que je m'en sors, rétorqua Brice en souriant.

Tandis qu'ils dansaient le rock-and-roll, le petit groupe qui s'était formé autour d'eux battait la mesure avec les mains. Stimulés par ces admirateurs en attente de leurs prouesses, ils se lancèrent dans plusieurs figures acrobatiques. Épuisée, Nadège interrompit l'exercice la première. L'assistance applaudit.

- Vous ne vous en sortez pas trop mal, dites-moi, déclara-t-elle.
- Grâce à vous, précisa-t-il humblement. Vous êtes une excellente danseuse.
- Après la superbe exhibition de Nadège et Brice, je vous propose une série plus langoureuse, annonça Florent.

Brice attendit que Nadège se fût un peu reposée avant de l'inviter à danser. Il appréhendait néanmoins la résurgence de souvenirs pas si lointains. La chaleur du corps de cette dernière le ramena à ses ébats avec Émeline. D'instinct, il l'attira plus fortement contre lui, puis il desserra soudain l'étreinte. Pourtant, elle ne s'était pas opposée à ce rapprochement.

- Vous avez fait de la danse ? S'enquit-il *ex abrupto*.

- J'ai pratiqué la chorégraphie jusqu'à l'âge de dix-neuf ans, puis un accident de moto avec un copain m'a contrainte à arrêter.

- Comme ça, vous êtes du genre casse-cou.

- Moi, non ! Mais je fréquentais un garçon qui l'était par contre. Plus d'une fois, il m'a fichu de grosses frayeurs.

- Ma petite voix me dit que vous avez eu beaucoup de chance lors de votre accident.

- On peut dire ça, en effet. Quoi qu'il en soit, je n'avais pas l'intention de faire de la danse mon métier.

- Que faites-vous comme travail ? On pourrait se tutoyer, non ?

- Oui, bien sûr. Je suis responsable de département dans une société de pub. Et vous … pardon et toi ? Ton job ?

- Mon job ? Modeste commercial dans la même société que Florent.

- Il ne faut pas en avoir honte, rétorqua-t-elle.

La façon de parler de Nadège confirmait sa première impression. Une force émanait d'elle qui l'attirait et le repoussait en même temps.

- Tu m'as l'air d'une femme de caractère, dit-il pour l'amener à se dévoiler.

- Il paraît, répondit-elle. J'avoue que ça m'est utile professionnellement. En tout cas, les prédateurs regardent à deux fois avant de m'accoster.

- Je n'en doute pas. Je devine que tu sais aussi ce que tu veux et ne veux pas dans ta vie.

- Tout à fait. Mais la vie nous réserve des surprises inattendues et … elle déjoue souvent nos projets.

- S'il n'y avait l'imprévu, l'espérance serait vaine. Tu n'es pas de mon avis ?

- J'en conviens, acquiesça-t-elle. Bien que, de mon point de vue, le fatalisme soit une disposition quelque peu irresponsable.

- Oui et non. Mais, dis-moi, nous nous lançons dans une discussion bien sérieuse tout à coup. Je ne voudrais pas …

- En réalité, je déteste les futilités et trouve les bien-pensants plutôt ennuyeux. À toi de voir si nous avons cette particularité en commun.

- Effectivement, cette façon de voir tendrait à nous rapprocher.

Sur un slow à la mode, il la serra derechef contre lui et elle s'accorda à ce besoin de tendresse et de sensualité. Si en son cœur renaissait un fébrile désir d'aimer, il ne se sentait pas prêt à une nouvelle relation amoureuse. Humant la peau brune discrètement parfumée de sa cavalière, il combattait contre une instante envie de l'embrasser dans le cou. Joue contre joue, il eut le sentiment qu'elle attendait une initiative de sa part ; car elle semblait prendre un certain plaisir à ce corps à corps. En dépit de la forte excitation que cela provoquait, la lucidité lui imposait de ne pas succomber à l'appel de ses sens en quête d'une nouvelle effusion ; puisqu'il ne prévoyait pas de donner une suite à cet agréable moment.

La musique, soudain endiablée, rompit ce doux enlacement. Comme elle le regardait en souriant, il crut percevoir une lueur de regret dans ses yeux. Elle ignorait ce combat qu'il menait contre lui-même, contre son désir de l'embrasser avec passion au risque de la choquer.

Prétextant un départ en voiture pour rendre visite à de la famille bordelaise, il salua Florent ainsi que chacun des invités, puis il embrassa amicalement Nadège qui lui glissa à l'oreille :

- Au plaisir de te revoir.

- Laissons la vie nous surprendre, rétorqua-t-il.

Il s'amusa en lui-même du charmant étonnement de Nadège, trouvant aussi une certaine satisfaction à la laisser sur une note énigmatique. Il y avait en filigrane la fuite d'une nouvelle expérience amoureuse.

-2-

Brice ne cherchait pas à comprendre sa destinée, conscient de son inaptitude à en percer l'inextricable subtilité. Il craignait cependant la survenance d'un bonheur passager, celui-ci menant vers la désillusion et de douloureux tourments ensuite. Les amours avortés jalonneraient-ils, dorénavant, son existence ? Ne connaîtrait-il jamais la joie d'une union menée à son anthèse avec une femme ? Cette prise de conscience le rendait vigilant et l'appelait aussi à faire preuve d'un sage discernement en ne se hasardant pas sur des chemins infructueux.

D'un côté, il s'employait à oublier l'agréable moment passé en compagnie de Nadège et, de l'autre, il éprouvait du plaisir à en faire remonter la souvenance au seuil de l'endormissement. Repensant à la force de son regard sombre, il présumait qu'elle poursuivait un but de vie précis ; même si elle disait laisser à l'impromptu le droit de changer ses projets sans céder toutefois au fatalisme. Ainsi il subodorait qu'elle n'en viendrait pas à se sacrifier avec un homme stérile et ne lui proposant qu'une piètre vie commune, voire amputée d'émouvantes joies enfantines. Il se remémorait l'agréable rapprochement de leurs corps, promesse d'une étreinte plus fiévreuse, et du baiser demeuré dans les limbes des ardeurs non exprimées. Tandis qu'elle l'avait encouragé à la revoir, il s'en était tenu à une réponse sibylline et semblable à une orgueilleuse fin de non-recevoir. Que ne lui avait-il, plutôt, jeté à la face son handicap, afin qu'elle supputât l'impossibilité d'un futur heureux avec lui. Elle aurait alors mis en exergue, avec force diplomatie, son aspiration à connaître le bonheur de l'enfantement. Or, ignorante de son état et de ce dramatique empêchement, elle allait espérer en l'avènement d'un nouveau moment avec lui. La force occulte qui l'avait poussé vers Émeline s'apprêtait-elle à réitérer son œuvre avec cette Nadège ?

Il résistait à l'impulsion poussant son cœur vers cet autre, peut-être, en attente. La fascination n'avait pas été du même ordre qu'avec Émeline, se souvenant comment il avait idéalisé la beauté de cette dernière. Bien que le sex-appeal, le magnétisme, le beau sourire et la jolie lumière dans les prunelles noires de Nadège l'avaient profondément charmé. Il avait également pressenti sa cérébralité, sa finesse d'esprit, son intelligence ; en effet, plus que la beauté plastique, il appréciait celle, indicible, de l'âme. Il croyait qu'une indélébile empreinte différencie les individus et, partant, que tout un chacun est doté d'une spécificité innée. Au constat de la similitude de leurs points de vue, l'éventuelle affinité entre Nadège et lui l'invitait à mettre au rebut ses craintes. Il saisissait, en outre, cette opportunité pour cuirasser son mental et affermir sa résolution.

Au bureau, Florent le charria aimablement tout en reconnaissant : « Vous formez un beau couple, Nadège et toi. Vraiment ! ». Une confidence qui flatta son orgueil de mâle et attisa derechef son envie de passer d'autres moments avec cette personne. S'il feignait l'indifférence et s'il se défendait aussi d'une quelconque intention avec elle, il convenait qu'elle possédait un certain charisme, voire un fort pouvoir de séduction. La pointe de scepticisme dans le regard de son collègue indiquait que celui-ci n'était pas dupe concernant sa réelle disposition de cœur. Sauf une misérable infertilité l'exposant à un terrible rejet, Brice n'aurait pas dédaigné, évidemment, fréquenter Nadège.

Pour l'heure, il choisissait de suivre son petit chemin de célibataire, sa petite vanité le portant à croire qu'elle se languissait de son silence. Sous de faux prétextes, il refusait désormais les invitations de Florent ; car il savait pertinemment que celui-ci s'empresserait d'y faire venir Nadège. Il lui faudrait ensuite résister au désir de l'aimer, alors qu'il était presque parvenu à faire refluer le remords.

- Qu'y a-t-il Brice ? Tu sembles te complaire dans ta solitude, s'étonna Florent.
- Là n'est pas la question, mais j'ai des affaires familiales à régler.
- Graves ?
- Non, heureusement ! Néanmoins, je ne peux m'y soustraire.
- Tes affaires ne seraient-elles pas plutôt une charmante jeune femme ?
- Absolument pas, rétorqua Brice en souriant.
- Un beau garçon comme toi, tout de même ! Tu gâches tes meilleures années. En tout cas, j'en connais une qui ne serait pas fâchée de te revoir.
- Ah, ne recommence pas avec ça ! S'énerva Brice.
- Cool, mon ami. Gère ta vie comme tu veux après tout.

Florent cessa de l'inviter à des soirées, chez lui ou ailleurs, puisqu'il préférait manifestement son existence semi-anachorétique. Brice n'en viendrait pas, de toute façon, à dévoiler la vraie raison de ses refus. Une méprise s'installa qui tendit quelque peu leurs rapports ; même si, fort de sa discrétion et de son intelligence, son collègue abhorrait la mesquinerie. Celui-ci ne médisait pas non plus dans son dos, s'abstenant ainsi de faire de lui un objet de risée au sein de la société. Tout en appréciant cette marque d'estime, Brice louait en lui-même la saine mentalité de ce garçon.

Il aurait tant voulu que sa vie fût normale et ne pas avoir à fuir ainsi le bonheur. D'ailleurs, il ne croyait pas qu'il y en eût un pour lui ici-bas.

-3-

Le rêve de la nuit avait été étrange, identique à celui montrant une impossible rencontre avec une enfant. Toutefois, il ne restait à Brice que le souvenir d'une voix fluette l'ayant appelé « papa » et résonnant à la façon d'une antienne. Le reste du rêve était tombé dans l'évanescence au réveil. Il n'osait voir cet événement, cependant, comme l'augure d'une guérison miraculeuse de son infirmité. S'il lui venait l'idée d'aller prier la Vierge Marie à Lourdes, il trouvait finalement absurde d'élucubrer à partir d'un frêle songe.

Souhaitant donner plus de consistance à cette voix, il partit au fond de sa mémoire en quête de l'image de l'enfant apparue lors de son précédent rêve. Celle de Prisca se mit alors à le narguer, adorable regard bleu éclairant une bouille joufflue et entourée de jolies boucles dorées qui l'émut énormément. À regret, il s'appliqua à la chasser de son esprit et à retrouver le petit être venu visiter, l'espace d'un instant, son cœur endormi ; même s'il n'imaginait pas qu'une âme était descendue du Ciel pour communier avec son esprit. Il s'escrima à visualiser un ravissant minois d'enfant grâce auquel il pourrait continuer de faire vivre la petite voix entendue pendant la nuit. Alors qu'il se lançait dans une recherche obsessionnelle et dangereuse pour le mental, il se sentit enclin à ne pas sombrer dans cette spirale pernicieuse et propre à le mener vers la folie.

Ainsi il tâcha de ne plus focaliser sur ce désir. Il rallongea les journées de travail, de façon à retarder l'assaut des pensées sournoises, et s'adonna aussi à des divertissements, tels que le cinéma, les concerts, les matchs de football ou, même, les sorties dans les night-clubs, … quoique la musique classique et la lecture avaient toujours eu sa prédilection. Par conséquent, les manifestations sportives et autres divertissements futiles ne tardèrent pas à le lasser, voire à le plonger dans un état de grande nervosité. S'agissait-il d'une disharmonie intérieure liée au rejet de la bénédiction reçue pendant le sommeil ?

Les subterfuges n'ayant pas réussi à provoquer l'oubli, il dut se résoudre à admettre que la vision du premier rêve et l'appel au sein du second n'étaient en rien anodins. Pourtant, il n'en comprenait ni l'analogie, ni le but. Était-ce là une sorte de soutien ou d'ersatz de l'angoisse du manque ? Intuitivement, il s'exerça à la méditation. En rien un adepte des pratiques mystiques ou religieuses, il aspirait seulement à compenser, par ce biais, la privation de paternité. De même, il espérait découvrir au tréfonds de lui la voie qui conduisait vers cet univers où l'être subtil du songe séjournait.

De simple habitude, le rituel des méditations se mua en exercice nécessaire. Il y partait à la rencontre de cet enfant virtuel, mais ayant une intime réalité en son cœur. Il ne s'interrogeait plus, en outre, sur le caractère éventuellement insensé de ces plongeons intérieurs. Cette communion contenait en quelque sorte une substance guérisseuse, vu qu'elle le nourrissait merveilleusement. Il ne cherchait donc pas à satisfaire un subit besoin de mysticisme ou à trouver, en son tréfonds, une explication à sa stérilité. Il n'accomplissait pas, non plus, une expérience de foi ni une marche vers de saintes vertus.

Il décida de s'en tenir à de simples méditations sans autre quête que le bonheur d'une union extraordinaire, eût-elle un caractère imaginaire. Il entretenait jalousement ce secret, en aucun cas partageable d'ailleurs avec quiconque. Il s'attirerait, ce faisant, une aimable moquerie, puis cet enchantement fuirait son cœur à jamais. Un matin, il réussit à entendre une voix frêle au fond de son oreille. Impression d'un échange dans une sublime lumière qui le rassérénait. Des instants de joie intérieure qui le transmuaient. Au sortir d'une de ces contemplations au sein de cet univers fantastique, il éprouva l'envie d'écrire un poème.

N'ayant jamais pratiqué cet art, il s'étonna de cette soudaine lubie et douta de réussir à aligner la moindre rime. Dans une attitude passive, il resta dans l'expectative d'une inspiration bienvenue. Il craignait toutefois que sa disposition dubitative ne fît échouer le procédé.

> « *Au fond d'un rêve, ta voix m'a surpris,*
> *D'elle, mon cœur s'est tendrement épris,*
> *Puis un émouvant minois gracile,*
> *De mon imaginaire a surgi.*
> *Dans mon intime, maintenant, tu vis,*
> *Et au sein d'un halo subtil*
> *J'ai foi que nos âmes communient*
> *Et d'amour absolu s'enivrent.*
>
> *Angélina, nom qui a jailli*
> *Soudain, au fond d'une méditation,*
> *Vois le manque dont mon cœur pâtit !*
> *Guéris-le avec force dans le giron*
> *De cette lumière ténue.*
>
> *Tu es l'enfant dont le Ciel me bénit,*
> *Au tréfonds de moi me gratifie ;*
> *Puisque d'une femme, je n'aurai ce délice !*
> *Sauf le bonheur de cette compensation,*
> *Un verjus amer serait cette privation.*
>
> *Ta voix fluette me comble et m'émerveille,*
> *Tel un doux susurrement au creux de l'oreille.*

Tendre « papa » qui fait frémir mon cœur
Et trace peut-être une voie de lumière
Au sein de laquelle la magie, soudain, opérera
Et te donnera vie, ici-bas, mon Angélina ».

Il mémorisa ensuite ce long poème, afin de pouvoir le dire, à la manière d'une prière, à cet être subtil qu'il sentait confusément présent au fond de ses méditations.

Grâce à ces vers, qu'il s'étonnerait longtemps d'avoir su écrire, et aux fantastiques effusions, la matérialisation d'un visage et d'une voix s'ébaucha ; ce qui transforma la fantasmagorie en une relative réalité. Cette dernière eut pour effet d'inhiber l'angoisse d'un insupportable vide ainsi que la peur d'un avenir dénué d'amour. Il ne craignait plus de sombrer dans la folie ou de réveiller un désir latent de marginalité.

Devenue dorénavant indispensable, cette échappatoire lui permettait d'éprouver de l'affection pour un enfant. Une magie qui le délivrait momentanément du poids de son handicap.

-4-

- Alors, Brice ! Tu as toujours tes contraintes familiales ? S'enquit Florent un matin.

- Je te trouve bien indiscret, mon ami, répondit-il sur un ton badin.

- Ta mine paraît moins grave. Est-ce que ça signifie que tu as rencontré l'élue de ton cœur ?

- Absolument pas et, d'ailleurs, je ne la cherche pas, rétorqua-t-il avec un petit sourire.

- Dis-moi, une amie m'a invité pour son anniversaire. Accepterais-tu d'y venir ?

- Je doute d'y avoir ma place.

- Puisque je te le propose. Elle organise une fête dans une salle qu'elle a louée. Plus on sera, meilleure en sera la fête.

- Bon, je viendrai. Après tout, ça me changera les idées.

- Je sens que tu vas y faire la connaissance de ton âme sœur, plaisanta Florent.

S'il acceptait ce divertissement d'un soir, il n'envisageait pas de se lancer dans une nouvelle histoire sentimentale ; même s'il trouvait parfois stupide de s'astreindre à cette existence insipide. Cette manière de penser plus positive augurait-elle d'une évolution en cours de sa perception ? Elle l'amènerait certainement à réaliser que son infertilité ne le condamnait guère au statut de paria. D'ailleurs, Émeline ne l'avait en aucun cas rejeté et elle se serait indubitablement résignée à l'impossibilité d'un second enfantement. Ayant la nette impression d'avoir décliné l'opportunité d'un bonheur solide, il s'interdisait néanmoins de vains et tardifs regrets. Ses méditations l'avaient, à l'évidence, conduit à intérioriser sa vie et, partant, à désirer la construire plutôt que de continuer à réagir en victime d'une fausse adversité.

En arrivant à l'adresse indiquée par son ami, il appréhenda cet affrontement de l'inconnu. Après que Florent l'eût présenté à Séverine, l'organisatrice de cette soirée, il chercha discrètement Nadège du regard. N'apercevant pas sa longue silhouette fine et ses cheveux très bruns, il ressentit un petit serrement au niveau de l'estomac. Il se surprit à espérer son arrivée. Cela lui ferait même l'effet d'un rayon de soleil venant tout à coup éclairer la grisaille. Il dansa avec diverses cavalières, feignant d'être volage et inintéressant, afin de dissuader leur envie de le mieux connaître. Par cette dispersion, il se jouait aussi la comédie. Car il refusait de s'avouer combien l'absence de Nadège l'affectait. La soirée passa et nulle joie, même tardive, ne fit tressaillir son cœur. Ainsi il se persuada que ce rapprochement n'appartenait pas au destin de leurs âmes et que cette dichotomie de leurs chemins en présageait un meilleur. Il n'en vint pas, de ce fait, à s'enquérir du numéro de téléphone de Nadège auprès de Florent, déterminé à oublier cette fameuse soirée d'un bref échange verbal et d'un sensuel contact. Il était aguerri désormais aux combats intérieurs et accoutumé à ne pas suivre les élans de son cœur.

-5-

Brice entretenait une merveilleuse idylle avec un être uniquement perceptible via le regard intérieur. Peu lui importait que cette chose fût imaginaire et qu'elle n'eût d'existence que pour lui. Cette subtile apparition dans le giron de ses méditations lui procurait un sublime émoi. Un sentiment intense qu'il n'avait jamais ressenti, même au plus fort de l'amour avec Émeline. Il espérait que ce bonheur n'en viendrait pas à s'évanouir un matin et à le forcer à un affreux délaissement. Aussi le préservait-il comme on le ferait d'un précieux trésor.

Heureusement, son emploi de commercial le socialisait. Ce quotidien dans le réel l'empêchait de dériver vers une vie marginale. Quoique point un féal soldat du système, il n'était pas, non plus, un adepte de la spéculation métaphysique. Partant, il ne cherchait pas à expliquer la pauvreté de son sort par une sorte de dessein céleste. Il doutait, d'ailleurs, qu'il fût une implacable destinée pour les êtres humains. Il espérait plutôt qu'il pourrait influer sur celui-ci, dès lors qu'il trouverait la force de changer radicalement sa façon de prendre la vie. Certes, sa stérilité tendait à l'inciter au fatalisme.

Nullement enclin à courir l'aiguillette, il aurait tant aimé être déjà un père de famille. Carence qui l'amenait à déplorer cette astreinte au célibat, l'absence d'amour à la fin de sa journée ou de sa semaine de travail. Dans ses fréquents moments de blues, il pensait à Émeline qui aurait été, assurément, une épouse idéale. Elle l'aurait tranquillisé et guéri, par conséquent, de son infirmité. Que ne lui téléphonait-il, afin de supputer son état d'esprit ou son éventuel désir de renouer avec lui. Ceci dit, il ne l'imaginait pas continuant de se morfondre ni espérant son retour. Nul doute que sa beauté l'exposait à mille sollicitations. Le cœur triste, il repensait à ce jour où il l'avait quittée, comme impulsé par une force irrésistible ; laquelle avait paru dominer sa volonté.

-6-

Brice entreprit de musarder dans le vieux Toulouse, malgré la chaleur caniculaire qui chargeait l'air d'une petite senteur empyreumatique ; ce qui rendait celui-ci difficilement respirable. Tandis qu'il s'approchait d'une brasserie de la place Wilson – un endroit agréable du centre-ville –, pour s'y désaltérer d'un demi de bière, il aperçut Nadège attablée à la terrasse avec un homme et un couple. Elle avait l'air très enjouée. De la trouver ainsi en galante compagnie le contraria, s'étonnant toutefois que ce fait perturbât ainsi son cœur. Soudain, leurs regards se croisèrent ; mais il ne fit pas l'effort d'aller vers elle et dédaigna, même, le petit geste de la main de cette dernière. Tournant promptement les talons, il jubila à l'idée que sa froideur, voire son désintérêt pourrait l'affecter. Il partit s'installer à l'une des terrasses alignées le long des Arcades du Capitole face au séculaire et imposant Capitolium en brique rose. Ayant eu à entendre le franc-parler de Nadège, il présumait qu'elle critiquait *in petto* sa misanthropie. En réalité, il ne s'enorgueillissait guère d'avoir réagi avec si peu de hauteur d'esprit.

Huit mois s'étant écoulés depuis le fameux soir de leur rencontre, son trouble prouvait qu'il n'avait point réussi finalement à l'oublier. Il se ressouvint du moment délicieux de leur corps à corps durant le slow. Il s'était alors enivré de l'exquise fragrance de son parfum et délecté d'un voluptueux baiser imaginaire. Il lui revint ensuite qu'elle avait laissé supposer son intérêt et que, pour sa part, il s'en était tenu à une phrase sèche et sibylline. Il regrettait cette orgueilleuse apparence qu'il lui avait donnée à voir. Par conséquent, il admettait ne pas être en situation de se lamenter, vu sa négligence de ce nouveau clin d'œil de la Providence.

Tout en buvant sa bière blonde et fraîche, il se mit à ruminer des pensées négatives. L'apparent bonheur de Nadège l'amenait à prendre conscience, plus encore, combien il se contraignait à l'indigence sentimentale. Un profond mal-être qui le portait à considérer son avenir d'un œil pessimiste. Que ne s'en remettait-il à la bonté de cette intelligence occulte qui l'avait gratifié, de façon imprévue, à plusieurs reprises. Elle devait juger évidemment qu'il ne méritait pas une nouvelle grâce, puisqu'il s'obstinait à dédaigner l'amour.

L'épreuve consistait maintenant à effacer de sa mémoire le souvenir du regard sombre et magnétique de Nadège. D'ailleurs, il n'était plus un néophyte en matière d'oubli et de résignation.

-7-

Après la sempiternelle réunion commerciale du lundi, Brice effectuait les tâches administratives d'usage — rapport d'activité, état des commandes de la semaine, note de frais — lorsque Florent entra dans le bureau qu'il partageait avec un collègue, lequel s'était absenté un moment.

- Tiens, Brice, s'exclama-t-il en lui tendant un bristol et débordant, comme toujours, de dynamisme.
Brice le prit tout en pensant qu'il s'agissait d'un tuyau sur un nouveau client.
- Qui est-ce ? S'enquit-il après avoir pris connaissance du numéro de téléphone noté dessus.
Son camarade le regarda en souriant.
- Pourquoi n'y a-t-il aucun nom ? S'étonna-t-il. C'est encore une de tes plaisanteries ! Reprends ton papelard, s'il te plaît.
Joignant le geste à la parole, il jeta le bout de papier cartonné sur le bureau devant lui.
- Tu fais erreur, mon ami. D'ailleurs, je ne suis qu'une simple boîte à lettres.
- Dis-moi au moins le nom de la personne qui se cache derrière ce numéro.
- Ah, ça, c'est une surprise, mon gars !
- Et quelle tête a-t-elle cette surprise ?
- Fouille donc dans ta mémoire, mon cher Brice, car il s'agit d'une de tes admiratrices, objecta Florent en riant.
- Qu'est-ce que tu racontes ! Bon, laisse-moi, maintenant, j'ai du boulot !
- Il y en a une, pourtant, qui a perdu le goût de vivre après t'avoir vu lors de la dernière soirée, insista ce dernier.

- Mon Dieu, la pauvre ! Je suis franchement désolé pour elle. Va lui dire qu'elle n'a aucune chance et aussi …que je ne suis pas libre.

- Je pense que tu passes à côté d'une merveilleuse opportunité. À mon humble avis, vous êtes faits pour vous entendre tous les deux. Je te signale qu'elle est jolie, intelligente et cultivée.

- Florent, je n'ai pas le cœur à batifoler en ce moment et …

- Discute avec elle au téléphone et si ça ne se passe pas comme tu le voudrais, tu peux toujours écourter la communication. Entre nous, il m'étonnerait que tu ne la trouves pas … in-té-re-ssan-te.

- Bon, j'y réfléchirai, conclut Brice en se remettant à la tâche.

- Tu sais que tu es un garçon bizarre, Brice. Heureusement, tu ne manques pas de charme. Les filles doivent aimer ça … les types un peu sauvages … une vieille nostalgie sans doute. Il faudra que je m'y essaie … juste pour voir l'effet que ça produit.

Florent quitta le bureau avec sa coutumière et pétulante joie. En vérité, Brice avait beaucoup d'estime pour ce personnage vivace et éminemment sympathique. L'allusion de celui-ci envers son insociabilité le désolait. Certes, sa nature communicatrice ne sautait pas aux yeux bien souvent. Ainsi, sauf le traumatisme de sa stérilité, son tempérament de gai luron aurait enchanté son collègue. Marqué au fer rouge par le sort, ou s'estimant l'être, Brice appréhendait une nouvelle relation amoureuse. Il s'était convaincu que l'aveu de son infertilité sonnerait sans cesse le glas du bonheur. Le légitime désir de maternité de la femme mettait en exergue son inaptitude à assumer pleinement son rôle d'homme. Par bonheur, cet état n'avait en rien amoindri sa virilité, une vigueur sexuelle qui rendait insupportable, par conséquent, ce choix délibéré de l'ascétisme. Il gardait donc pour lui son infirmité, répugnant à voir l'air compassé d'autrui comme s'il fût un mourant en sursis et, surtout, celui de la gent féminine comme s'il fût séropositif.

Il fourra le bristol dans la poche de son veston, un automatisme qui tendait à indiquer le primat de l'inconscient sur la volonté. Pourtant, il ne projetait pas de lever le voile dissimulant l'identité de cette mystérieuse jeune femme.

La semaine durant, il repassa dans sa tête le film de la dernière soirée. Tandis qu'il tentait de ressusciter les visages des personnes avec qui il avait eu un bref échange, il constata que ceux-ci s'étaient évanouis au fond de son subconscient. D'aucuns auraient saisi cette occasion avec enthousiasme, alors qu'il prenait cet intérêt envers lui avec un hautain détachement. N'y eût-il une bouillonnante envie d'aimer en son cœur, il craindrait que cette focalisation sur son problème ne l'eût rendu insensible au désir.

Un matin, il décida de cesser cet absurde combat contre lui-même. De surcroît, la restriction de ses élans intimes accroissait sa disharmonie intérieure. Surmontant la peur d'être le jouet d'une mystification, il composa le numéro inscrit sur le bristol. Il avait observé le côté joueur de Florent, quoiqu'il ne s'était jamais révélé immature.

-8-

- Allô ? Dit une voix féminine à l'autre bout du fil.

- Bonjour, Mademoiselle …

- Bonjour, Monsieur.

- Je vous téléphone de la part de Florent.

- Enchanté. À qui ai-je l'honneur ?

- Mon prénom est Brice. Il m'a donné votre numéro en me disant que vous souhaitiez faire ma connaissance. Nous nous serions parlé lors d'une soirée chez …

- Je ne me souviens pas avoir dit une telle chose à Florent, coupa-t-elle.

- À vrai dire, j'ai hésité à vous appeler ; car je me doutais bien qu'il s'agissait d'un canular. Bon, excusez-moi de vous avoir importuné mademoiselle.

- J'imagine Florent en train de jouir de son petit jeu, lança-t-elle.

- Je ne le pensais pas aussi puéril.

- Allons, prenons cette petite farce avec bonne humeur, temporisa-t-elle.

- Tout à fait, cela m'aura donné au moins l'occasion d'entendre votre jolie voix. Me ferez-vous la faveur de votre prénom ?

- Puisque ma voix ne vous dit rien, mon prénom ne vous dira rien non plus.

- Voilà qui est bien dit. J'avoue que votre timbre ne m'est pas totalement étranger.

- Un rock d'anthologie. Voici un indice qui devrait vous éclairer.

- Nadège ?

- Ah, enfin !

- Je n'imaginais pas que tu userais de ce subterfuge pour m'entendre, répondit-il la voix émue.

- Je voulais surtout te parler de bienséance, mon cher.

- Je t'écoute.

- Pourquoi as-tu fui en me voyant à la terrasse du « Cardinal » l'autre jour ? Je t'ai pourtant fait un petit signe. Il aurait été plus poli de venir me saluer.

Il trouva dommage que cette voix joliment féminine et sensuelle entreprît de le moraliser.

- Tant pis pour le savoir-vivre, Nadège. Il ne sert à rien d'épiloguer, se hasarda-t-il.

- Je n'avais pas le souvenir d'un homme au verbe si tranchant, regretta-t-elle.

- Florent ne t'a-t-il pas dit que je suis du genre sauvage ?

- En général, il est discret et, de plus, il a le respect des gens.

- Je ne l'ignore pas. Pardonne mon propos un peu acerbe … je ne suis pas toujours ainsi, tu sais.

- Voilà une bonne nouvelle ! Je demande quand même à voir.

- Tu peux toujours me mettre à l'épreuve.

- Ne serais-tu pas un peu maso ? S'enquit-elle d'une voix décidément savoureuse.

- Comme la moyenne des gens.

- Je ne pense pas avoir ce travers personnellement. Pour ce qui est de l'épreuve, comment procédons-nous ?

- Demain à dix-neuf heures.

- Où donc ?

- Le « *Cardinal* » me paraît être le lieu adéquat.

- J'espère ne pas te voir fuir à mon arrivée.

- Je ferai un effort, bien que je sois plutôt imprévisible. Car je ne voudrais pas que tu claironnes urbi et orbi que je ne suis qu'un fieffé asocial.

- Goujat ! Maintenant, tu cours le risque d'un copieux sermon, répliqua-t-elle en riant.

- Je vais m'y préparer.

- C'est préférable.

Le rire délicieux de Nadège résonna agréablement à son oreille. L'ineffable charme de cette femme faisait exquisément frémir son cœur. Que ne se matérialisait-elle à l'instant, face à lui, un bel enchantement qui le convaincrait d'un destin entre eux. La communication se termina sur une note enjouée et il voulut croire qu'une porte venait de s'ouvrir sur une nouvelle vie semblable à un ciel dans lequel brille un sublime soleil au zénith. Il refusa de prêter l'oreille à la voix démoniaque de l'angoisse qui tenta aussitôt d'assombrir cette harmonie naissante. Son cœur aspirait à se prélasser sur la nuée où cet impromptu l'avait élevé et, si possible, jusqu'au jour de ce rendez-vous inattendu.

Quand il croisa Florent au bureau, il ne lui confia pas sa joie. Il le remerciait, pourtant, en son for intérieur d'avoir concouru à ce rapprochement. Conscient d'anticiper sur un bonheur encore aléatoire, il s'efforçait néanmoins de l'accueillir avec confiance. Il escomptait, en effet, que cette disposition positive en favoriserait la concrétisation.

En voiture, il prenait plaisir à se remémorer sa conversation avec Nadège. De même, il s'employait à sauvegarder le son de cette voix, qui avait régalé ses sens, pour s'en repaître chaque jour de cette stressante attente. Ayant réussi à retrouver dans la masse des réminiscences enfouies une image confuse de son visage, il s'en fit une douce présence. Il avait l'impression qu'un siècle s'était écoulé depuis sa dernière sensation de bien-être. Un ange s'appliquait-il à lénifier le traumatisme causé par son infertilité et à faire évoluer, partant, son état d'esprit ?

-9-

Brice arriva à la brasserie « *Le Cardinal* » avec dix minutes d'avance, son travail l'ayant initié à la ponctualité. Il n'aurait pas eu cependant la discourtoisie de faire attendre une jolie femme et il lui fallait gommer aussi l'a priori que Nadège entretenait sur ses manières. D'un naturel anxieux, il se mit à bouger nerveusement sur sa chaise. Cette jolie personne lui étant apparue respectueuse de l'Autre, elle n'en viendrait guère, selon lui, à annuler un rendez-vous sous un faux prétexte. N'avait-elle pas provoqué, de surcroît et par une voie détournée, cette nouvelle rencontre entre eux ?

Debout, face à la table, et vêtue d'une robe légère bleue pastel, elle parut tomber du ciel. De fait, il eut le sentiment d'halluciner. Plutôt que de lui plaire par un trait d'esprit, il se leva promptement à s'en tenant à une banalité à laquelle elle répondit tout aussi platement. Ils s'embrassèrent sur les joues, puis il l'invita courtoisement à s'asseoir, se plaçant de sorte à pouvoir la contempler tout en conversant. La couleur de son vêtement s'accordait merveilleusement avec sa peau de brune et avec sa longue chevelure très noire balayée de reflets joliment bleutés. Il supputait la fadeur de son souvenir d'elle ainsi que la superficialité avec laquelle il avait évalué sa personnalité lors de la soirée chez Florent. Était-ce la floraison de l'amour en son cœur qui aiguisait son regard ? Il la soupçonnait de s'être adroitement embellie pour l'épater. Observant le maquillage discret et recherché de cette dernière, il faillit s'enquérir : « J'ai l'impression que tu as changé quelque chose sur toi ». Mais il subodora qu'elle lui ferait une réponse ambiguë à sa façon.

Il parla de la pluie et du beau temps, une discussion volontairement superficielle. Un moment banal que Nadège semblait heureuse de partager. Tout en dialoguant, il tentait d'évaluer sa disposition d'esprit ; puisqu'elle avait manifesté le désir de le revoir. Orgueil de mâle, il ne voulait pas laisser paraître, d'emblée, son intérêt. Il luttait aussi contre le redoutable magnétisme de cette dernière, certain que Dieu l'avait dotée d'une belle intuition et que, de fait, elle avait conscience de son ascendant sur lui. L'imaginant intellectuellement supérieure, il appréhendait déjà ce hiatus entre eux. D'autant que celui-ci ne manquerait point de croître lorsqu'il lui révélerait cette déficience à laquelle le sort l'obligeait.

- Tu penses que les événements de la vie sont le fruit du hasard ? Questionna-t-il à brûle-pourpoint.
- Je n'ai pas d'avis tranché. Je pense toutefois qu'il faut rester modeste. Que savons-nous, pauvres humains, sur la vie et le but de l'existence de l'homme sur Terre ?

Il convenait, pareillement à elle, que l'entendement humain est limité. En outre, au-delà du propos profond et assuré de cette dernière, il cherchait l'existence d'une faille.

- Tu crois en Dieu ? Demanda-t-il.
- Oui, bien sûr. Quoique je ne sois pas foncièrement religieuse. Et toi ?
- Je ne suis pas non plus un bigot. D'ailleurs, j'entretiens de sérieux griefs à l'égard de la religion en général ; car je trouve son discours parfois trop simpliste et peu éclairant.
- Ce n'est pas faux, reconnut-elle. Mais voici un débat complexe qui nous mènerait trop loin.

Que n'avait-il l'audace de baiser le magnifique sourire sur ses lèvres.

- Tu as raison. Tout comme la politique, la religion débouche sur une confrontation d'idées et, donc, peut amener les personnes à se buter sur des convictions.
- Je me souviens d'une réflexion que tu m'as faite chez Florent.

- À quel sujet ?

- Au sujet de la superficialité.

- Et toi, tu m'as clairement dit, ce soir-là, que tu abhorres les futilités.

- Disons plutôt que je ne me complais pas dans le futile. Je constate qu'on se ressemble sur ce point.

- On dirait, rétorqua-t-il.

En effet, ils avaient en commun ce même penchant pour la cérébralité. Après ces paroles sérieuses, il estima plus opportun d'opter pour une conversation moins philosophique. Il se plut à la voir rire, étant donné que la joie magnifiait son visage et faisait délicieusement pétiller l'iris nuancé de ses yeux.

- Aimerais-tu que nous prolongions cette soirée ensemble ? Sonda-t-il prudemment.

- Je ne dis pas non.

- Parfait. Il reste à trouver une bonne table.

- Justement, j'en connais une tout près d'ici.

- Alors, je te laisse faire le cicérone, lança-t-il d'une voix enjouée.

-10-

Après une dizaine de minutes de marche, Brice et Nadège arrivèrent devant un restaurant à la façade bleue et au haut de laquelle était écrit dans une jolie calligraphie dorée : « *Au bon pêcheur* ». Ils jetèrent un rapide coup d'œil sur la carte affichée à l'extérieur et pénétrèrent dans une petite salle où un homme, apparemment le gérant de l'établissement, les accueillit avec aménité.

- Vous avez de la chance, un couple vient de téléphoner pour annuler, spécifia ce dernier.
- Ce n'est pas un hasard, rétorqua Brice en riant.

Il perçut là un heureux présage, même s'il n'avait pas, en général, la manie des signes.

Bien que se sentant d'ores et déjà en harmonie avec Nadège, il avait décelé un décalage entre leurs principes de vie qui le tracassait. Car elle n'avait pas jugé bon de lever le doute en rétablissant la vérité sur ce jour où il l'avait aperçue en agréable compagnie. Sa fierté le poussait évidemment à s'abstenir de la questionner, quitte à paraître accommodant sur le plan moral. Peut-être n'était-elle, après tout, qu'une femme légère, à la recherche d'expériences amoureuses et ne l'avait-elle induit à cette rencontre que pour assouvir un besoin de nouveauté. La sensualité émanant d'elle tendait, d'ailleurs, à le conforter dans cette opinion. En définitive, ce statut de jouisseuse des plaisirs de la chair l'arrangeait. Ainsi ils pourraient vivre ensemble des moments intenses sans qu'il ne fût jamais question de vie commune ni de désir d'enfant. Il réalisait combien la perspective d'une relation équilibrée et porteuse d'avenir avec elle l'angoissait au-dedans de lui.

Tout en consultant la carte, et profitant de ce qu'elle était occupée à faire son choix, il l'observait discrètement. Son visage harmonieux, moins beau que celui d'Émeline, dégageait néanmoins plus de sérénité et de force. Il la trouvait très femme, mâture et, sauf la zone d'ombre sur un coin de sa personnalité, elle lui serait apparue rassurante. Elle correspondait, en outre, à cette compagne dont il aimerait partager la vie. Un désir d'union qu'il s'étonnait d'éprouver, tout à coup, avec un esprit plus tranquille qu'auparavant.

Subitement, elle leva le regard et il n'eut pas le temps de baisser le sien. Au-delà d'un sourire propre à l'adoucir, il eut l'impression que ces grandes prunelles noires entreprenaient de sonder sa petite âme. Son cœur tressauta d'une envie soudaine de communier avec le vibrant magnétisme de cette femme.

- Oui ? Dit-elle.

Il sourit à son tour. Il ne comptait pas faire cette confidence qu'elle semblait espérer. Un serveur vint prendre la commande, interrompant ce moment d'observation. Celui-ci parti, elle ajouta :

- Que de pensées perdues dans les limbes du subconscient.
- De qui est-ce ?
- De moi.
Il fit une moue d'admiration.
- Poétesse, donc. Et quoi encore ?
- Il s'agissait d'une simple remarque sur les non-dits entre nous depuis tout à l'heure.
- Que te suggère ton intuition ?
- J'en ai trop peu et je ne me fie à elle qu'en dernier ressort, confessa-t-elle.

- Bon, qu'essaies-tu de me dire, Nadège ? Qu'est-ce qui te chagrine ?

- J'aimerais que tu exprimes le fond de ta pensée. Le poids de ton regard ne m'a pas échappé pendant que j'avais le nez sur la carte.

- Puisque tu es aussi intuitive, malgré tes dires, tu n'as guère besoin que j'exprime le fond de ma pensée. Tu sais déjà ce qu'il en est.

- Tu me prêtes une trop grande vertu spirituelle, mon cher Brice. N'étant pas extrasensorielle, je n'ai pas, non plus, la capacité de lire en toi. En l'occurrence, je le déplore.

- Tu as évoqué le fond de ma pensée tout à l'heure. C'est là une notion bien vague. Sois plus claire, nous gagnerons du temps.

- Pourquoi tu te montres si agressif tout à coup ? Nous avons tout notre temps.

- Excuse-moi, Nadège. J'ai des réactions bizarres, parfois. D'ailleurs, je ne suis pas un modèle d'équilibre … il est important que tu le saches.

- Je suppose que tu n'accepteras pas de me confier ce qui t'a apparemment déséquilibré.

- Poétesse, médium et maintenant psy. Tu es une femme extraordinaire, Nadège.

Le serveur apporta les hors-d'œuvre, à savoir une douzaine d'huîtres pour elle et des moules farcies pour lui.

- Bon, je n'insiste pas, dit-elle. Il est normal que tu n'éprouves pas le besoin de me confier tes malheurs. Nous ne nous connaissons encore que trop peu, après tout.

- Le temps est un grand maître.

- Qu'insinues-tu ?

- Qu'il faut avoir confiance dans ce qui doit être, prophétisa-t-il.

- J'avais remarqué ton côté philosophe et plutôt fataliste, lança-t-elle.

Sentant le rouge lui monter au visage, il passa la main droite sur celui-ci pour masquer sa gêne. Il la soupçonnait de s'amuser à le dominer grâce à la force de son regard et, à présent, de jubiler à cause de cette légère érubescence qu'elle avait provoquée.

- J'essaie de me souvenir de ce que tu as dit pendant que nous dansions un slow langoureux. Euh ... c'était à propos de l'imprévu.
- J'ai dû te dire que l'imprévu m'avait merveilleusement gratifié ce soir-là.
Comme elle le fixait, sans mot dire, il décela un petit trouble dans ses yeux. Attendait-elle qu'il mît plus de tendresse dans cet échange ?
- Ah, voilà, j'ai trouvé ! Tu as dit ... s'il n'y avait l'imprévu, il n'y aurait pas d'espérance ...
- Non, j'ai dû dire l'espérance serait vaine.
- Tout à fait. S'il n'y avait l'imprévu, l'espérance serait vaine. J'ai beaucoup aimé cette réflexion. Tu devrais noter tes pensées dans un carnet jusqu'à ce que tu en aies assez pour faire un livre.
- Je n'intéresserais personne avec mes radotages.
- Pourquoi cherches-tu à paraître humble à tout prix, Brice ? Remarque, c'est peut-être dans ta nature profonde.
- C'est possible. En tout cas, je ne le fais pas sciemment.
- Il faut que je te pose une question et ... tant pis si elle te contrarie, annonça-t-elle abruptement.
- Aïe, je m'attends au pire, rétorqua-t-il d'une voix aimable.

Le serveur posa l'assiette contenant un loup grillé nature avec un assortiment de légumes devant Nadège et celle contenant un sandre à la sauce du chef avec des pommes vapeur et du riz devant Brice.

- Je vous souhaite un bon appétit, dit ce dernier.

Après son départ, il y eut un long silence. Brice attendait l'estocade de sa ravissante convive. Il observa l'élégance et le calme avec lesquels elle portait sa fourchette à la bouche comme il avait tendance à engloutir sans chichi les aliments, une habitude contractée durant sa vie solitaire et alors qu'il n'avait à plaire à quiconque.

- Ce loup est-il à ta convenance ? Demanda-t-il courtoisement.
- Je me régale. Et toi ?
- Excellent, merci ! Bien, tu peux envoyer la première salve ... je suis prêt.
- Mais ... je ne suis pas si cinglante, dit-elle avec une jolie moue. En fait, il m'intéresserait simplement de savoir pourquoi tu m'as ignorée en me voyant à la terrasse du café et pourquoi tu t'es sauvé ensuite comme un voleur.
- Ah, cela te turlupinait tant que tu as monté cette comédie pour nourrir finalement ta curiosité.
- Penses-tu vraiment ce que tu viens de dire, Brice ?
- Absolument, rétorqua-t-il avec un air très sérieux.
- Alors, me voilà très déçue. Sincèrement, je croyais que nous ... et puis, non, je pense que nous n'avons rien à faire ensemble.
- Tu as dit à ton ami que tu dînais avec un autre ce soir ?

Le foudroyant d'abord du regard, elle prit soudain un air mièvre, comme inspirée par le diable.

- Il est très tolérant et pas jaloux du tout. Il sait que je déjeune ou dîne régulièrement avec des hommes.
- Et ensuite ?

- Cela dépend de mon humeur, de mon envie et … bien sûr, de l'homme.

- Puis-je connaître ton intention ce soir ? Me trouves-tu assez excitant pour … ?

- Et toi ?

- Où veux-tu que cela se passe ? Chez toi ou chez moi ?

- J'aimerais mieux chez toi.

- Bien, assez joué, Nadège. Qu'en est-il vraiment ? Juste par curiosité.

- Ainsi que tu l'as compris, j'ai un ami qui n'est pas souvent là et il ne me déplairait pas de passer de bons moments avec toi. Si tu es d'accord, naturellement.

- Alors, je t'informe que tu t'es trompée de cheval, car ce type de relation en pointillé, et purement sexuelle, ne m'intéresse pas. Je vais aller payer au comptoir, ça ira plus vite.

Elle le suivit jusqu'à la caisse où il régla l'addition. Audehors, il accepta de l'embrasser sur les joues, bien qu'il n'envisageait pas de se lier d'amitié avec elle.

- Brice, permets-moi de te dire que tu dois encore beaucoup apprendre sur les femmes ... mais d'elles aussi.

- Je l'admets. Cependant, par chance, elles ne sont pas toutes comme toi.

- Tu ne crois pas si bien dire. Médite ce que je te dis là.

Fort de ces dernières paroles, elle le planta sur le trottoir. Il la regarda s'éloigner de sa démarche féline tout en contemplant sa silhouette fine et sa chevelure brune descendant sensuellement jusqu'au milieu du dos.

Depuis cet instant où il avait laissé parler son cœur, le libérant d'un insupportable doute, il avait eu le sentiment que Nadège, brusquement maléficiée, s'était ingéniée à le désillusionner. Debout, sur le pavé grisâtre, il attendait de s'éveiller, puis que ce mauvais rêve s'évanouît dans l'abîme de l'oubli.

-11-

Brice se réveilla en sursaut, la peau halitueuse, puis il fouilla instinctivement sa mémoire pour y trouver le chemin d'une harmonie enfouie, un népenthès apte à guérir son cœur souffrant. Il se remémora donc l'affreuse déconvenue essuyée la veille et la célérité avec laquelle son espérance s'était transmuée en désespoir, telle une source limpide devenant soudain une eau turbide. Il se retrouvait à lutter derechef contre la même pulsion destructrice qui avait succédé à la révélation de sa stérilité. Il analysa donc les différentes possibilités permettant d'en finir avec cette existence semblable à une route pavée d'écueils. Il maudissait cette force maléfique qui l'avait perfidement instigué à agir contre son propre intérêt. Allait-il devoir se satisfaire dorénavant d'un bonheur artificiel ? Habilement grimé, le malheur l'avait, une fois encore, attiré dans ses rets. Il était las maintenant de cette vie que la solitude transformait en une plaine monotone courant vers l'infini. Il ne parvenait plus à méditer, à plonger au-dedans de lui-même, en vue de s'y baigner de la lumière de ce petit être qu'il chérissait secrètement. Avec une détestable désinvolture, Nadège avait annihilé l'harmonie édifiée au fil d'un laborieux travail intérieur.

Finalement, il réussit à endiguer cette pulsion qui avait déjà manqué l'envoyer *ad patres*. N'éprouvant pas le moindre ressentiment à l'égard de Nadège, il partit en quête des paroles responsables du dramatique enlisement de la conversation. Mais il ne parvint à se souvenir que d'une piètre synthèse ainsi que de l'ultime phrase amphibologique l'invitant à la réflexion. Peut-être s'était-elle plu à paraître sous le jour d'une personne légère, voire éprise d'appétence sexuelle. Tout en percevant mal le dessein de cette simulation, il imaginait qu'elle se gaussait à présent de son puritanisme, voire qu'elle jugeait désuète sa candeur. Il pensa aussi qu'elle attachait de l'importance à la virilité.

Quand Nadège l'appela sur son portable, Brice faillit ne pas répondre ; mais il estima plus censé d'entendre ce qu'elle souhaitait lui dire. En fine manœuvrière, elle caressa son cœur avec une voix ensorceleuse. Ce faisant, elle exhuma son désir de tendresse, d'une voluptueuse effusion, d'une osmose d'amour … des envies seulement assoupies. Or sa raison dissuada ce soupir de l'âme, le ramenant rapidement à la réalité.

- J'organise une soirée avec quelques amis. Nous aurions pu en profiter pour parler.
- De quoi trouverions-nous intérêt à débattre ?
- Il y a une chose importante que tu ignores …
- Je ne suis pas curieux, Nadège, coupa-t-il. Choisis-toi une oreille plus conciliante pour ta confidence.
- Mais, Brice, je n'ai nullement besoin de me confier. Cette chose intéressera ton oreille, crois-moi.
- Vraiment, tu as manqué ta vocation de commerciale. Bon, d'accord, je viendrai à ta petite réunion.

Après cette conversation, et en dépit de son ton arrogant, il éprouvait un ardent désir de la revoir. Cet événement avait avivé l'inconsciente espérance d'un bonheur avec elle, d'une élévation au sein de la dimension ambrosiaque de la passion. Allongé sur le lit, il pria la Providence de le tirer à jamais hors de cet aride désert.

-12-

Conformément à l'explication de Nadège, Brice arriva devant un immeuble ancien et cossu du centre-ville. Après avoir déroulé les noms sur l'écran du digicode, il pressa sur le bouton de la sonnette portant le nom de cette dernière.

- Oui ? Répondit une voix à l'interphone.
- C'est Brice.
- Je t'ouvre. Prends l'ascenseur jusqu'au cinquième étage. Au fond du couloir, tu verras une porte entrouverte. À tout de suite, Brice.

Elle l'accueillit avec son invariable et ravissant sourire, vêtue d'une robe moulante de couleur carminée. Un vêtement qui accentuait sa silhouette déjà longiligne. Les bises amicales sur les joues lui permirent de respirer l'agréable fragrance de son parfum, imaginant qu'elle avait sciemment choisi celui-ci pour le griser. Nul doute qu'elle excellait dans la manière d'appéter la libido du mâle. Tout en la suivant vers la pièce principale, où se trouvaient une dizaine de personnes, il remarqua l'importante échancrure de sa robe. Cette peau nue, d'une couleur plutôt mate, sous une longue crinière soyeuse invitait à de sensuelles caresses, voire à une jouissance animale.

Tandis qu'elle le présentait aux divers invités, il essayait de reconnaître l'homme, assis à côté d'elle à la terrasse du « Cardinal », et avec qui elle disait entretenir une relation épisodique. Comme personne ne ressemblait au vague souvenir tapi dans un coin de sa pensée, il fut heureux de ce qu'elle n'avait pas poussé la perversion jusqu'à le soumettre à une sordide compétition. Sur fond de musique classique, il se retrouva à écouter un propos philosophique fort intéressant, mais auquel il ne se mêla que prudemment. Certes, ses carences culturelles tendaient à le placer dans une position inconfortable. Il s'agissait, en définitive, d'une soirée d'échange avec des personnes de qualité, un scénario propre à l'induire à modifier son jugement ; car, de surcroît, elle participait avec brio à la discussion. S'ingéniait-elle à le confronter à la pauvreté de son discernement ? Peu fier de la naïveté de son récent comportement, il n'osait plus affronter son regard. Il subodora qu'elle s'apprêtait à le moraliser et à le renvoyer, ensuite, à sa sombre existence.

Le dernier invité parti, Nadège le convia à rester un moment avec elle. La belle assurance de cette femme venait corroborer sa crainte.

- Tu ne t'es pas trop ennuyé, s'enquit-elle. N'imagine pas que je me sois évertuée à te montrer mon côté intello.
- Rassure-toi, je n'ai pas l'esprit aussi tordu. De toute façon, il ne m'appartient pas de te juger.
- Ah, tu dis ne pas me juger ? répondit-elle en posant sur lui son puissant regard. Je pense que tu ne t'en es pas privé, au contraire, et heureusement que l'extrasensorialité m'a fait défaut ce soir-là. J'aurais sûrement entendu des pensées injustes et laides.
- Injustes ? Tu as fait en sorte de me montrer ton plus mauvais côté.
- Tu m'as agressée et, plutôt que de répondre à ton attaque, j'ai choisi de jouer à un jeu …
- Dangereux, coupa-t-il. J'aurais pu ne pas tomber dans le panneau, mais tu as été si convaincante.
- Tu as quand même manqué de perspicacité en ne remarquant pas que j'en rajoutais volontairement.
- Au début, j'ai eu un doute. Mais lorsque tu as évoqué ton ami, soi-disant tolérant, ainsi que ta disponibilité pour une relation purement physique avec moi, je t'ai prise au sérieux.

Elle le regardait avec un petit sourire énigmatique sur les lèvres.

- Je dois t'apparaître piètrement ingénu, soupira-t-il.

- Voici encore un a priori, Brice. Il n'est pas dans mon tempérament de critiquer autrui, d'autant que je ne suis guère parfaite.

- Surtout Nadège, ne prends pas mal ma question. J'aimerais savoir si ce garçon avec qui je t'ai vue au « Cardinal » est réellement ton ami.

- Il l'est, affirma-t-elle.

- Alors, je te répète que je ne partage pas. Décidément ma vie est une catastrophe et un épouvantable fardeau ! S'exclama-t-il.

- J'ai répondu à ta question, mais il est vrai que ce vocable est équivoque. Car, vois-tu, il est mon meilleur ami.

- Cela signifie-t-il que … toi et lui …

- Oui, Brice. Ce garçon est un ami d'enfance et, de plus, fiancé à une personne que j'adore.

- Je te demande pardon, Nadège. Je suis vraiment confus et honteux de ma stupidité.

- Tu ne penses plus que je suis une fieffée séductrice qui s'amuse avec les hommes ?

- Non, Nadège. Bien sûr que non.

- Sache que j'ai des principes et que je n'ai pas pour habitude de me disperser. Je remercie mes parents de m'avoir transmis les leurs à travers une éducation plutôt stricte. Ainsi je ne transige pas avec les valeurs essentielles et, surtout, la probité.

- Merci, Seigneur. Je pense exactement comme toi.

- Je n'en doute pas. D'ailleurs, j'ai beaucoup apprécié que tu refuses ma proposition … disons d'un assouvissement dans les bas plaisirs de la chair. Dans le cas contraire, je me serais éloignée de toi à jamais. Tu vois, Brice, tu ne m'es pas apparu naïf, mais merveilleusement pur.

- Pur ! Voilà un compliment que je ne mérite pas. En revanche, tu l'es assurément. Cette adéquation et ce subit retournement de situation semblent tenir de la magie. N'est-ce pas ton avis ?

- Nous n'en sommes encore qu'au stade de l'apparence. Il faut du temps et de l'intelligence pour parvenir à une relation symbiotique.

- Ton inclination pour les grands concepts ne m'a pas échappé. Contentons-nous d'une bonne entente, Nadège. Accepterais-tu que nous en fassions l'essai ?

- Cela demande réflexion, ironisa-t-elle avec son séduisant sourire.

Puis elle s'empressa :

- Mais oui, Brice, je le veux. Faisons en sorte toutefois que cet essai soit concluant.

Elle vint s'asseoir à côté de lui. Il prit ses mains dans les siennes en plongeant dans l'obscur de son regard d'où émanait une force qui le rasérénait. Il approcha ses lèvres et elle offrit voluptueusement les siennes. La passion les entraîna aussitôt dans un baiser plein d'ardeur. Comme il se risquait à des caresses très audacieuses, elle desserra brutalement l'étreinte.

- Sois sage, je te prie. Attendons ce moment qui ne sera pas simplement celui d'un plaisir charnel.

- Tu as raison. Il est mieux d'être complètement ensemble ce jour-là.

Elle sourit. Il l'embrassa avec amour tout en contrôlant l'envie d'un épanchement plus sensuel ; puis ils se séparèrent. Il forma le souhait d'une fructueuse expansion de ces prémices de bonheur.

-13-

Brice avait la conviction maintenant que ce cœur était celui que le sien attendait depuis toujours, que cette femme allait représenter le but de sa vie. À l'heure où son existence paraissait se néantiser et son destin s'échouer dans les ténèbres de la désolation et de la déréliction, la Providence l'avait à nouveau sauvé, puis magnifiquement béni. Conscient de bénéficier d'une ultime chance, et qu'il pourrait se lamenter jusqu'au dernier souffle s'il en venait à la laisser passer, il ne doutait pas non plus qu'il lui faudrait expérimenter les affres de la plus amère des solitudes. Tout en éprouvant un désir viscéral de se construire un nid douillet avec Nadège, il craignait que l'angoisse de sa stérilité ne vînt menacer l'harmonie et que l'immanquable moment de l'aveu de cette dernière ne détruisît un bonheur en cours de solidification. Pour l'heure, il répugnait à flétrir cette joie par une perspective incertaine.

Travers de son accoutumance à la négativité, son jugement erroné sur Nadège se mit à le harceler. Il lui revint à l'esprit la réflexion de cette dernière sur la critique d'autrui, une pensée qui le renvoyait à l'orgueil de sa détestable stigmatisation. Il trembla à l'idée qu'elle pourrait, après coup, considérer moins positivement sa mauvaise attitude et douter de la possibilité d'une entente entre eux. Remettant en cause sa promesse, elle n'hésiterait pas alors à balayer de trop beaux espoirs. Il mesurait la nocuité de la peur enracinée au fond de son cœur et la nécessité de l'extirper avant qu'elle ne le conduisît à réitérer ses actes irréfléchis passés.

Il la rappela le lendemain, anxieux de connaître son état d'esprit et ravi finalement d'entendre qu'elle avait hâte de le retrouver. Une aspiration qui eut pour effet de le guérir, à l'instant, de sa vieille angoisse et de ses nuisibles ressassements. Contraint de partir en déplacement pour son travail, il ne put la revoir que le samedi suivant. Une semaine pendant laquelle le temps avait paru traîner en longueur. L'équanimité d'humeur et l'envie manifeste de Nadège de faire fleurir cette relation stimulèrent la sienne de bâtir un projet de vie avec elle. Après le restaurant, ils décidèrent de boire un verre dans une bodega. Il fut heureux de ce qu'elle recherchait, pareillement à lui, de douces sensations.

- Tu te souviens de ce que je t'ai dit lorsque nous nous sommes embrassés la première fois ? Demanda-t-elle.
- Qu'un plaisir uniquement charnel ne te comblerait pas.
- Je ne l'ai pas exprimé ainsi, mais le fond de ma pensée y est.

Elle préféra que cette effusion eût lieu chez elle, arguant qu'elle s'y sentirait mieux pour ce premier moment avec lui. Il but avidement sa chair tout en se délectant des animales exhalaisons de sa peau. Des effluences que le désir exacerbé aiguisait. La sensualité extrême de Nadège l'invitant, surtout, à une fusion charnelle, il s'évertua à l'étourdir de plaisir. Les appels à plus de volupté et le besoin d'une satisfaction strictement sexuelle de cette dernière exacerbèrent sa virilité. L'épanchement d'une mutuelle appétence de jouissance fit s'élever leurs corps sur le sommet apothéotique du bonheur des sens. Dans une magnifique osmose, ceux-ci vibrèrent à l'unisson. Elle manifesta bruyamment sa délectation en l'inondant de mots tendres. Il aurait aimé que cette frénétique étreinte ne cessât jamais, qu'elle se muât en félicité de l'être. Tandis qu'elle poussait le cri de l'orgasme, le corps convulsé de plaisir, il mit en elle sa semence piètrement infructueuse.

- Je n'ai pas su dépasser le charnel, regretta-t-il.

- Tu m'as fait l'amour comme un dieu. C'était divinement nourrissant, mon chéri.

- Nous aurons sans doute une plus grande complicité quand nous connaîtrons mieux nos corps et nos désirs réciproques, précisa-t-il. Ceci dit, je me sens en affinité avec toi.

- Et moi, je trouve déjà naturel de t'appartenir. Partons à nouveau explorer la dimension du plaisir, mon amour.

Tout en s'efforçant d'épuiser ce corps voluptueusement offert, d'en assouvir les instinctuels désirs, il cherchait le chemin d'une authentique union au-delà de la chair. Cette relation s'affermissant, il ne craignait plus l'immixtion du malheur dans ce havre d'harmonie.

-14-

Brice reprit ses méditations avec le sentiment qu'il n'aurait plus le privilège d'une merveilleuse communion après ce délaissement. Or le petit être subtil accepta de le ravir d'une lumière semblable à une bouffée de sérénité. Peu lui importait que ce fût une fantasmagorie inspirée par son besoin d'un bienfait roboratif. En dépit de sa belle fusion avec Nadège, il se sentait affreusement indigent. La soif de cette dernière d'une belle plénitude le plaçait, en effet, face à son incapacité et à l'angoisse de la confession de son état. Le spectre de la peur attendait dans l'ombre l'instant propice de cette annonce pour flétrir un bonheur encore en floraison. Angélina, enfant d'un autre monde, instillait son cœur d'Amour pur, compensant aussi un terrible vide. Il lui récita avec ferveur, telle une prière à un saint, le petit poème qu'il avait écrit sans doute sous la dictée d'un ange.

> « *Au fond d'un rêve, ta voix m'a surpris,*
> *D'elle, mon cœur s'est tendrement épris,*
> *Puis un émouvant minois gracile,*
> *De mon imaginaire a surgi.*
> *Dans mon intime, maintenant, tu vis,*
> *Et au sein d'un halo subtil*
> *J'ai foi que nos âmes communient*
> *Et d'amour absolu s'enivrent.*
>
> *Angélina, nom qui a jailli*
> *Soudain, au fond d'une méditation,*
> *Vois le manque dont mon cœur pâtit.*
> *Guéris-le avec force dans le giron*
> *De cette lumière ténue.*

Tu es l'enfant dont le Ciel me bénit,
Au tréfonds de moi me gratifie.
Puisque d'une femme, je n'aurai ce délice !
Sauf le bonheur de cette compensation,
Un verjus amer serait cette privation.

Ta voix fluette me comble et m'émerveille,
Tel un doux susurrement au creux de l'oreille,
Tendre « papa » qui fait frémir mon cœur
Et qui trace peut-être une voie de lumière
Au sein de laquelle la magie, soudain, opérera
Et te donnera vie, ici-bas, mon Angélina ».

Le dimanche où Nadège entreprit de le présenter à ses parents, il lui confia que les siens avaient transité vers un monde paradisiaque ... du moins souhaitait-il qu'il en fût ainsi. Bien qu'il lui fît cette confidence sans larmoyer, elle le serra spontanément dans ses bras ... telle une mère consolant le chagrin de son petit. Il faillit lui dire qu'il n aspirait pas à ce genre de rapport entre eux ; mais il se ravisa tout en se dégageant, afin qu'elle réalisât sa désapprobation à l'égard de ce dorlotement. Par chance, elle n'en prit pas ombrage. Une attitude intelligente qui l'éveilla à la stupidité de sa propre réaction. Dès lors, il ne refusa plus les élans maternels de cette dernière, y trouvant même de l'agrément.

Son tempérament ne le portait pas à se livrer. Il devinait toutefois que Nadège luttait contre l'envie de pénétrer dans son jardin secret. Certes, il ne la blâmait guère de souscrire à cette curiosité ordinaire et typiquement féminine. La sachant douée d'une bonne intuition, il ne doutait pas qu'elle en viendrait, de toute façon, à découvrir l'origine de ce déséquilibre intérieur qu'il avait succinctement évoqué. Même si, pour l'heure, elle s'en tenait à de laconiques dévoilements, il la sentait en attente. La confidence jaillirait, à coup sûr, au détour d'un de leurs moments symbiotiques. Au fil des nuits ensemble, ils étaient parvenus à transcender le plaisir charnel et à gravir, comme un seul être, le sublime sommet de l'extase.

- Alors que je perdais peu à peu le goût de vivre, tu es arrivée dans ma vie. Mon âme a immédiatement reconnu la tienne.

Nadège se pelotonna plus encore contre lui.

- De cela je ne doute pas, mon amour. Car tu m'as plu au premier regard. Quand nous avons dansé ensemble et que tu m'as serrée contre toi, j'aurais voulu que ce moment ne finisse jamais.

- C'est magnifique et digne d'un conte de fées, ma chérie. En revanche, tu m'étais apparue si supérieure intellectuellement, ce soir-là, que je m'abstenais de tracer un plan sur la comète.

- Je me souviens, pourtant, que je t'ai clairement montré mon désir de te connaître et que tu m'as répondu qu'il valait mieux laisser le destin nous surprendre ou une chose de ce genre. Malgré cette réponse on ne peut plus froide, j'ai fait un autre pas vers toi par l'intermédiaire de Florent. Crois-moi, il m'en a coûté d'agir ainsi, même si je ne me repais pas d'orgueil.

- En vérité, Nadège, je mourais d'envie de te revoir. Oublions ce passé, ma chérie, et regardons devant désormais.

Elle lui dit ensuite qu'elle se sentait femme dans ses bras et désireuse de le devenir plus encore. Cela fit remonter une vieille peur qu'il s'était escrimé pourtant d'enfouir. Il lui vint à la pensée de l'abandonner à son fantasme, étant donné qu'il ne pourrait jamais permettre la plénitude de ce souhait. Par bonheur, il parvint à sublimer cette subite pulsion destructrice et à garder confiance. Une sage main paraissait guider désormais la vérité de cet amour.

Quoique dormant souvent chez elle au retour de ses déplacements, il fit en sorte de préserver son indépendance. Il s'agissait, en fait, d'un refus inconscient de passer le cap d'une union maritale.

-15-

Nadège manifesta son désir de ne plus continuer ce mode de vie absurde. Elle spécifia aussi que le concubinage allait à l'encontre des principes auxquels ses parents l'avaient éduquée. L'heure de l'aveu, pareil à une exécution, venait donc de sonner. Elle planifia leurs fiançailles et Brice décida de lui jeter à la face la privation dont leur couple serait frappé. Stimulé par l'impératif éthique, et tel un désespéré se précipitant dans un gouffre, il lâcha *ex abrupto* et la gorge nouée :

- Nadège, je suis stérile.
- Stérile ! Mais alors …, balbutia-t-elle d'une voix blanche.

Elle éclata en sanglots et partit précipitamment s'isoler dans la chambre. Une désertion qui le convainquait de l'impossibilité de vivre un plein et durable bonheur avec une femme. Il se sauva de l'appartement en claquant la porte d'entrée ; même s'il comprenait qu'elle se refusât à envoyer au rebut son désir d'un vrai foyer. Il marcha le long de la Garonne, pleurant et broyant du noir, espérant aussi trouver le courage d'en finir. Ce nouvel impromptu, semblable à un horion, le rendait derechef peureux et défaitiste. Se remémorant les conseils de son père, il n'irait pas cette fois jusqu'à un acte déraisonnable et extrême. Allongé sur la verte prairie du *Bazacle*, il décida d'y dormir à la belle étoile. Pour ne pas avoir à écouter des paroles oiseuses, il avait préféré éteindre le téléphone portable.

De retour chez lui, il effaça les messages de Nadège sans prendre connaissance de leur contenu ; vu qu'il projetait de mettre un terme à cette relation. Certes, il agissait à contrecœur.

Par cette distanciation, il souhaitait sincèrement l'aider à réaliser sa vie de femme avec un homme fertile. Il effectua sa tournée de clients, l'âme déchirée et en continuant de rester sourd aux appels de cette dernière. En revenant de déplacement, il trouva dans sa boîte à lettres un mot lapidaire par lequel elle le suppliait de l'appeler. Une requête rédigée dans une écriture élégante qui l'émut profondément. Il résista à l'envie prégnante de revenir vers elle, conscient du masochisme de cette flagellation, mais aussi qu'elle devait critiquer cette attitude immature.

Quand l'interphone sonna le samedi soir et qu'il entendit sa voix, il n'eut pas la cruauté de lui refuser l'entrée. En vérité, il désirait se libérer des douloureuses entraves ceignant son cœur. Elle se jeta aussitôt dans ses bras en pleurant à chaudes larmes. Quant à lui, il épancha, en un flot, l'anxiété accumulée.

- Je te demande pardon, mon amour. Je regrette vraiment cette réaction stupide, dit-elle entre deux sanglots.

Il baisotait ses joues salées tout en la serrant contre lui. Telle une eau miraculeuse, cet élan d'amour eut pour effet de le guérir instantanément de son angoisse et de sa crainte. Ils s'aimèrent éperdument, fusion de leurs corps qui vint réjouir leurs âmes.

- Dis-moi que nous ne nous quitterons plus, mon trésor, supplia-t-elle.
- Plus jamais, je te le promets, mon ange. Mais tu sais maintenant que …
- Je t'en prie, mon cœur, tout va s'arranger merveilleusement … je le sens. Désormais, tu es, avec mes parents, ce que j'ai de plus cher en ce monde.

Les yeux embués, il savourait cette indicible grâce.

Elle évoqua sa stérilité, insistant pour qu'il partageât ce problème avec elle et l'exhortant à ne plus en considérer le caractère paralysant. Elle s'occupa de prendre rendez-vous chez ce spécialiste que son médecin traitant lui avait conseillé de voir dans le passé. Puis elle l'y accompagna en précisant que ce problème n'était plus seulement le sien. Une initiative qui le toucha grandement. Après le spermogramme, le professeur Pralié l'ausculta à nouveau et diagnostiqua la présence d'une sténose congénitale au niveau du canal déférent.

- Est-ce rédhibitoire, Docteur ? S'enquit Nadège.
- L'unique solution est l'opération, informa celui-ci.
- Quel type d'opération ? S'alarma Brice.
- Il s'agit d'une A.E.D, c'est-à-dire une anastomose épididymo-déférentielle. Cela consiste à joindre le canal déférent à l'épididyme de façon à passer outre le rétrécissement de celui-ci.
- Cette opération permet-elle vraiment de corriger la cause de cette stérilité ? Voulut savoir Nadège.
- L'intervention ne règle pas tout, Mademoiselle. Ça dépend de la quantité, de la qualité et de la motilité des spermatozoïdes.
- J'imagine que ma sexualité ne sera plus la même après cette intervention, s'inquiéta Brice.
- Soyez sans crainte, elle n'amoindrira pas votre virilité, affirma le professeur.
- Vous avez eu l'air de dire que les chances de réussite de cette opération …
- Je ne peux pas vous affirmer qu'elle résoudra à cent pour cent cette stérilité. Toutefois, si vous ne faites rien, les choses resteront en l'état.
- Cela demande réflexion, intervint Nadège. De toute façon, nous pourrons toujours adopter un enfant.

- Hormis l'adoption, qui n'est pas une procédure facile dans notre pays, il y a l'insémination artificielle. Il s'agit d'un moyen de procréation bien maîtrisé de nos jours.

Après la consultation, Nadège incita Brice à ne pas se mettre martel en tête pour le moment et à laisser mûrir cette possibilité. Elle l'assura aussi que son refus de tenter cette opération ne la décevrait pas. Il en déduisit qu'elle s'interdisait d'influencer son choix dans un sens ou dans l'autre.

-16-

- Brice, mon trésor, j'ai publié les bans, annonça-t-elle.

- N'est-ce pas trop précipité ?

- Et pourquoi attendrions-nous ? N'as-tu pas hâte que je te dorlote dans un nid douillet ?

- Bien sûr que si. Je voulais simplement attendre d'être certain …

- S'il te plaît, Brice, on ne va pas recommencer avec cette chose. Elle ne nous empêchera plus d'être heureux ensemble.

- Tu as raison, ma chérie. Sais-tu qu'une vie à mon côté est une épreuve redoutable ?

- Mm, je connais le sésame capable de transmuer l'épreuve en béatitude, mon amour, rétorqua-t-elle en se blottissant contre lui.

Il subodorait qu'elle accélérait cet hymen, afin qu'il ne fût plus tenté de la quitter au cas où il déciderait de se faire opérer et que sa stérilité se révélât incurable. Tout en affirmant son attachement aux valeurs éthiques, il avait pourtant laissé entendre qu'il respecterait les sacrements du mariage, et ce, quoiqu'il arrivât ensuite. De toute façon, il n'en viendrait plus à fuir dorénavant ; car il avait le vif désir de construire un solide projet de vie avec elle. Convaincu de sa belle maturité, il avait confiance en sa capacité à composer habilement face aux inéluctables différends.

Ils se marièrent dans la plus stricte intimité, selon la formule consacrée, eu égard à la condition orpheline de Brice. Nadège organisa cet événement avec beaucoup d'intelligence, un moment béni où il lui fut donné de rencontrer Damien, l'ami injustement jalousé, et sa fiancée Alix. Il se sentit tout de suite en affinité avec ces deux personnes éminemment sympathiques. Florent était également de la fête, comme il entretenait un rapport amical avec Nadège et qu'il avait accepté, de surcroît, d'être l'un des deux témoins. À l'issue de la cérémonie, et après l'avoir affectueusement embrassé, sa belle-mère lui confia :

- J'aurais vraiment aimé avoir un fils comme vous, Brice. Vous ne verrez pas d'inconvénient, j'espère, à ce que je vous considère comme tel désormais.

- Delphine, ce sera un grand honneur que je m'efforcerai de mériter, répondit-il d'une voix très émue.

À l'aube de la cinquantaine, Delphine avait encore très belle allure. Il imagina Nadège au même âge et embellie par la lumière de leur amour.

La nuit de noce fut explosive et apothéotique. Identiques à celles de la première fois, les sensations avaient été magnifiées par l'aguerrissement à la communion et à la symbiose de leurs êtres.

- Madame Szepanowski ... bon, il faudra que je m'y fasse, dit-elle avec une moue dubitative.

- Tu n'ignores pas que la loi te permet de garder ton nom de jeune fille, si tu le souhaites.

- Voyons, mon cœur, je plaisantais. Je suis fière de porter ton nom au contraire. Je vous aime tellement Brice Szepanowski.

Elle accompagna cette déclaration d'un généreux sourire.

- J'ai l'intuition que nous n'aurions pas pu nous croiser sans nous voir, ajouta-t-elle.

- Sans aucun doute. Quant à moi, je t'aimerai jusqu'à mon dernier souffle.

Elle l'embrassa et voulut qu'il lui laissât l'initiative de l'amener aux confins du plaisir, puis boire l'ambroisie au faîte de l'empyrée.

-17-

Brice continuait ses méditations, certain qu'Angélina protégeait leur bonheur. Aussi la rejoignait-il avec ferveur dans sa sublime lumière pour s'instiller le cœur d'Amour pur et de vérité. Chaque retour de cette extatique contemplation ressemblait donc à une sorte de chute dans un brouillard obscur. Heureusement, sa vie était à présent un immarcescible bien-être et les bras de Nadège un doux lieu de consolation. Il évitait de la perturber avec ses indéfectibles fragilités. En dépit de l'absolue confiance existant entre eux, il n'en viendrait guère à dévoiler son secret. Celui-ci demeurerait sûrement la petite cachotterie qu'il lui ferait jusqu'à l'heure du trépas.

Quand il s'enfermait dans la pièce, qu'ils avaient aménagée en bureau, elle ne le dérangeait jamais ni n'entreprenait de le questionner ensuite. Ce profond respect et cette hauteur d'esprit œuvraient en direction d'un épanouissement harmonieux de leur couple. Il voulait croire en une exceptionnelle inaltérabilité de celui-ci, malgré l'inévitable flétrissement des sentiments humains. Si la sérénité de Nadège s'avérait être un gage d'entente, il restait toutefois conscient que des petites mésententes ne manqueraient pas de survenir. Ces derniers seraient le signe d'une bonne santé de leur mariage, vu que la discorde les forcerait à des concessions mutuelles.

Le jour où il prit la décision de se faire opérer, Nadège loua son courage. Il devinait qu'elle plaçait un grand espoir dans la réussite de cette intervention chirurgicale, voire qu'elle caressait l'intime vœu d'une prochaine grossesse. Il était, de même, impatient de combler ce désir d'engendrement et de permettre ainsi la plénitude de leur union.

Après la série d'examens, d'analyses et le bilan préopératoire arriva le moment de la préparation de la zone à opérer par une infirmière, de l'entrée dans le bloc opératoire et, enfin, de la piqûre anesthésique. Cet instant d'appréhension fut immédiatement suivi d'un agréable plongeon dans une mer de coton. Les jambes lourdes et la bouche pâteuse, il expérimenta ensuite les désagréables sensations du réveil avec l'impression de s'être endormi il y a un instant à peine. Sa lucidité revenant, il angoissa au sujet d'une possible impuissance sexuelle. L'irruption enjouée d'une infirmière le sortit de sa rumination négative. Il n'avait plus nourri, pourtant, cette vieille prédilection depuis le jour, privilégié, où son existence s'était auréolée d'une sublime promesse d'amour. Tout en lui prenant la tension, elle l'informa que sa femme s'était inquiétée du bon déroulement de l'intervention ; puis elle précisa que le professeur Pralié était un ponte en matière de stérilité. Comme il lui rapportait le propos ambigu du chirurgien, elle lui raconta l'histoire d'une amie dont le mari avait subi une opération identique. Alors que celle-ci se désolait, elle tomba enceinte trois ans plus tard et mit au monde un beau petit garçon. Elle l'invitait donc à ne pas désespérer et à se souvenir de cette anecdote lorsque le découragement l'assaillirait.

À dix-huit heures, Nadège pénétra dans la chambre. Voyant sa mine inquiète, il lui fit un grand sourire auquel elle répondit avec une merveilleuse grâce.

- Comment te sens-tu, mon amour, dit-elle après avoir posé un baiser parfumé sur ses lèvres. Tandis qu'elle lui passait ses longs doigts fins dans les cheveux, il remarqua ses beaux yeux noirs inquisiteurs.

- Qu'as-tu Nadège ? Tu parais bizarre. Je parie que tu as parlé avec Pralié et qu'il t'a tenu son discours équivoque.

- Pas du tout, mon chéri. J'ai simplement téléphoné au staff médical pour savoir si tout s'était bien passé. Il n'est pas encore venu te voir, j'imagine.

- Je pense qu'il ne fait qu'une tournée des malades le matin. Je me sens diminué avec ces pansements et dans ce lit d'hôpital. Il me tarde de sortir.

- Tu es le mâle dans sa splendeur ! Lança-t-elle en souriant. Vous les hommes alors ... un bobo vous démoralise !

- Un bobo ?

- Je plaisante, mon cœur. J'admire, au contraire, ton courage et je loue ce que tu viens de faire pour nous. Mon amour était immense ... il est à présent inaltérable.

- Ah bon ! Le mien était déjà infrangible, rétorqua-t-il gaiement.

- Bien ... le moral est là finalement. C'est bon signe, se réjouit-elle.

- Franchement, comment pourrais-je être mélancolique quand tu es près de moi, mon ange.

- Je vais me sentir bien seule cette nuit, mon Brice.

- À mon avis, ces jours sans moi vont te reposer.

- Tu n'es qu'un adorable macho. À propos, je voulais te dire que je n'ai pas parlé de ce problème à mes parents ... enfin, pour le moment. Nous verrons plus tard et si tu m'en donnes l'autorisation, naturellement. Pour l'heure, c'est notre secret.

- Tu es la plus merveilleuse des femmes, Nadège. Comment fais-tu pour penser, agir et raisonner avec autant de discernement ? À tes côtés, je grandis ... assurément.

Une semaine plus tard, il réintégra le domicile conjugal. Pendant ce temps de rétablissement, il dut suivre un traitement post-chirurgical dont une série de piqûres à la testostérone. Nadège l'entourant d'attentions, comme s'il fût atteint d'une maladie grave, il sentit qu'elle angoissait et, surtout, à cause du verdict qui n'allait pas manquer de tomber au prochain spermogramme. Les dix jours de repos passés, il reprit le travail. Heureux de sortir de son statut de malade convalescent, il aspirait aussi à redevenir l'homme que Nadège aimait à encenser.

-18-

Ayant récupéré les résultats de son nouveau spermogramme, Brice roula à grande vitesse sans destination précise. Arrivé au village de Lacroix-Falgarde, sis à une dizaine de kilomètres de Toulouse, il gara le véhicule ; puis il descendit à pied par un chemin menant au bord de la Garonne. Il s'était ainsi isolé pour pleurer, hurler en insultant le Ciel ainsi que cet inflexible juge qui s'escrimait à l'éprouver. Il avait l'impression qu'une sentence à la peine capitale l'aurait moins affecté que la confirmation de son azoospermie. D'ailleurs, sauf l'amour de Nadège et son engagement envers elle, il serait allé, cette fois, au-devant de la mort.

Lorsqu'il passa la porte vers vingt-deux heures, le visage chiffonné par les pleurs et les épaules tombantes, Nadège le serra dans ses bras sans mot dire. Elle n'ignorait pas, en effet, qu'il devait passer au laboratoire pour quérir le bilan de l'analyse. Les larmes mouillant son cou lui brisèrent le cœur. Ils pleurèrent donc ensemble, fortement serrés l'un contre l'autre, tels deux infortunés apeurés par l'adversité. La magnifique espérance d'un bébé venant de s'évanouir, Brice craignit que le poids de cette déception, et de l'aigreur en découlant, n'assombrît pour longtemps la belle sérénité de sa chère épouse. Avant que la disharmonie n'investît son cœur fragilisé, il entreprit de l'aider à sublimer cette nouvelle déconvenue. Il lui raconta l'histoire de l'infirmière dont il lui revint la recommandation. La frêle lumière d'un nouvel espoir dans le regard sombre de sa bien-aimée le réjouit.

- Je ne te quitterai jamais … quoiqu'il arrive, lui confessa-t-elle.
- La force de notre bonheur rendra le malheur peureux et il nous fuira à jamais, prophétisa-t-il.

Elle le gratifia de son lumineux sourire et, quant à lui, il remercia *in petto* le Ciel pour ce regain d'harmonie.

-19-

Un an s'était écoulé ...

Au cours duquel Nadège n'avait pas eu le moindre retard de règles. Si elle semblait accepter avec abnégation ce sort, Brice percevait dans son regard l'ombre d'une frustration refoulée. Nul doute qu'elle aurait beaucoup aimé lui chuchoter à l'oreille au détour d'un baiser : « *Mon chéri, notre petite famille va bientôt s'agrandir* ». Ils jubileraient ensuite à cause de la perspective de cette arrivée prochaine. Entre-temps, elle avait consulté un gynécologue qui lui avait confirmé sa capacité à enfanter. N'en pouvant plus de ce non-dit, il lui suggéra, un soir, de tenter l'insémination artificielle, puisque de toute évidence sa stérilité perdurerait.

    - Non, Brice ! Notre enfant sera de toi ou …, s'emporta-t-elle soudainement.
    Il la considéra d'un air ébaubi, vu le calme olympien qu'elle affichait en général.
    - Allons, ma chérie, sois raisonnable, temporisa-t-il. Tu vois bien que l'opération a échoué et que je suis stérile à vie.
    - Je ne veux pas de l'enfant d'un autre. D'ailleurs, tu n'en sais rien. Souviens-toi de ce que t'a raconté l'infirmière.
    - Oui, mais …
    - Non, Brice, je t'en supplie … n'insiste pas !
    - Franchement, Nadège ! Je ne comprends pas ta réaction. D'autant plus que tu semblais d'accord devant Pralié.
    - Tu l'as interprété ainsi. En réalité, je n'ai fait que m'informer sur les possibilités à notre disposition en cas de … enfin …

- En cas d'échec, renchérit-il. Pourquoi tu ne le dis pas clairement ? Nadège, je te pose à nouveau la question : refuses-tu cette solution ?

- Absolument, Brice.

- Donc, tu veux me priver du droit d'aimer un enfant. C'est ça, n'est-ce pas ? C'est monstrueusement pathétique ! S'écria-t-il.

Il quitta le séjour d'un pas déterminé pour s'enfermer dans le bureau et y maugréer contre l'absurde obstination de son épouse. Il avait cru lui prouver son amour en consentant à cette solution et que cette normalisation de leur couple l'enthousiasmerait. Leur bonheur venant de se lézarder, il redoutait qu'elle ne remît en cause les belles promesses faites dans l'euphorie. Il se réfugia auprès d'Angélina, petit être désincarné, mais étrangement vivant, qui comprenait ses états d'âme sans qu'il les lui exposât. Comme à l'accoutumée, la magie opéra et celui-ci se manifesta dans un écrin de lumière. Cet enchantement, au plus profond de sa pensée, ressemblait à une sublime fantasmagorie. Un amour authentique semblable à une bonace sur une mer agitée et qui vint apaiser son ressentiment.

Des coups discrets à la porte le tirèrent de sa méditation. Il alluma la lumière, consulta sa montre et constata que trois heures environ étaient passées depuis leur brève algarade. Se levant à pas de loups, il tourna avec précaution la clé dans la serrure, puis il retourna s'asseoir sur son siège tout en feignant de lire un livre. Il entendit toquer derechef légèrement et vit ensuite le visage angoissé de Nadège dans l'entrebâillement de la porte.

- Puis-je te parler, Brice ?

- Bien sûr, Nadège. Entre, je t'en prie.

- Je suis sincèrement désolée. Tu as le droit de m'en vouloir, dit-elle en s'asseyant sur une chaise face à lui.

- Réflexion faite, je ne ressens plus la moindre animosité. Après tout, tu as raison, cet enfant ne serait pas vraiment le nôtre.

Il vit que sa remarque la rendait perplexe. Tandis qu'elle posait sur lui son regard d'un fascinant magnétisme, il eut l'impression qu'elle se plaisait à en jouer. Il repensait à ce jour où elle s'était vantée de posséder une arme redoutable et, plus tard, de connaître le sésame de la transfiguration.

- Depuis notre mariage, c'était notre première dispute, fit-elle observer. Sans doute, était-elle nécessaire.

- Je croyais ta sérénité infrangible et j'ai pu constater qu'il n'en est rien.

- Tu as eu tort de m'idéaliser, car je suis bourrée de défauts.

- Tu as aussi de grandes qualités qui font pencher la balance du bon côté.

- Je t'aime tellement, mon Brice. Tu veux toujours de moi ?

- Nous nous sommes jurés de nous soutenir dans tous les moments de la vie et, surtout, les pires. Alors, je m'y tiens.

- Ainsi tu en fais juste une question de respect de l'engagement pris devant Dieu. Où est l'amour dans tout ça ?

- Oh, tu sais, ma petite femme, l'amour … ça va, ça vient.

Elle se leva et vint vers lui de sa belle démarche féline.

- Je crois t'avoir déjà dit que tu es un vilain macho, déclara-t-elle en l'embrassant et en lui mordillant le cou.

- Dans un couple, il y en a toujours un qui aime plus que l'autre, ajouta-t-elle.

- C'est normal, rétorqua-t-il. Aimer est un sentiment proprement féminin.

- Pourtant, Dieu a d'abord créé l'homme et a fait de lui, en quelque sorte, un géniteur de l'Amour, s'amusa-t-elle.

- Alors, Dieu m'a oublié ou jugé indigne de cette grâce, regretta-t-il.

- Pardon, mon chéri, je n'aurais pas dû faire cette réflexion. Vas-y, gronde-moi, je le mérite.

- Non, Nadège. Désormais, j'ai dépassé cette infirmité et tu y es pour beaucoup.

- J'ai conscience de te frustrer en refusant de me faire inséminer, mais, outre le fait que cette semence serait celle d'un homme que je n'aime pas, j'ai le sentiment que cette façon de donner la vie est contestée par l'Église.

- Tu n'es pas si religieuse pour t'inquiéter de ce que pense l'Église.

- D'une part, j'ai reçu une éducation religieuse et, d'autre part, je pense qu'au-dessus de l'Église … il y a Dieu et sa possible sanction.

- Que ce soit par insémination ou autrement, la vie reste la vie et je n'imagine pas que Dieu puisse réprouver cela.

- En tout cas, tu connais les vraies raisons de ma réticence maintenant, affirma-t-elle.

-20-

Suite à la remarque de Nadège, Brice décida d'investiguer au sujet d'une éventuelle sanction de l'Église via le curé de la paroisse du quartier tout en espérant que celui-ci ne répugnerait pas à éclairer un mauvais paroissien. Il n'informa pas sa chère et tendre sur cette démarche comme il comptait l'inciter à en faire de même dans le cas où cet entretien corroborerait sa propre idée de la question. Il se rendit donc au secrétariat du presbytère où, par bonheur, il lui fut donné l'opportunité de rencontrer l'ecclésiastique sur-le-champ.

Ce dernier le reçut dans une petite salle et, d'une façon conviviale, autour d'une grande table. Sa canitie, son regard bleu acéré ainsi que son port racé le rendaient, en outre, plutôt charismatique.

- Je vous écoute, dit le curé en guise d'introduction.
- Je viens requérir votre avis sur une question d'éthique chrétienne.

La lueur d'intérêt dans le regard du religieux n'échappa point à la perspicacité de Brice.

- C'est-à-dire ?
- Voici, monsieur le curé. J'aimerais savoir si l'Église condamne l'insémination artificielle … d'une femme naturellement.
- Intéressante question, répondit le prêtre. En l'occurrence, il s'agit d'une procréation artificielle et Dieu ne bénit que la voie naturelle. Nous dirons donc que cette technique scientifique est une invention humaine qui va à l'encontre, a priori, de sa Volonté.
- Pardonnez-moi, mais je ne saisis pas ce concept de Volonté de Dieu.

- Cela signifie que l'homme stérile doit se résigner à ne pas avoir d'enfant et que la femme qui l'épouse doit se plier également à cette épreuve. Cette condition n'est pas fortuite, de même que l'union entre ces deux personnes. Derrière cela, il y a une vérité dont le Seigneur est seul à connaître la finalité.

- Je déduis de votre propos que je dois déconseiller à ma femme de se faire inséminer. À condition de suivre l'opinion de l'Église évidemment.

- Je note que celle-ci vous importe, puisque vous venez me questionner.

- En vérité, je me suis résolu à entendre le sentiment d'un ecclésiastique après le refus de l'insémination par mon épouse. Elle s'est appuyée sur une soi-disant désapprobation de Dieu envers cette technique.

- Permettez-moi de louer le discernement spirituel de votre femme.

- Pourtant, je sais qu'elle souffre intérieurement de cette privation. J'ai surpris, à plusieurs reprises, ses regards lorsqu'elle croise un enfant dans la rue ou bien qu'elle voit un bébé dans les bras de sa mère.

- En qualité de serviteur de Dieu, je me vois contraint de vous exhorter au sacrifice. Par contre, en tant qu'homme, je suis enclin à compatir et à temporiser. Il est vrai que Dieu aime infiniment et qu'il n'impose pas sa perfection à ses créatures. Il y a deux questions que j'aimerais vous poser.

- Je vous en prie.

- Cette insémination aurait-elle lieu grâce à un donneur anonyme ou bien …

- En toute franchise, je suis définitivement stérile, monsieur le curé. Par conséquent, je suppose que cela ne pourrait être que par le biais d'un donneur anonyme.

- J'imagine que vous avez réfléchi au fait que cet enfant sera, en final, celui de votre femme et d'un autre homme.

- Oui, bien sûr.

- Conscient de cela, vous sentez-vous prêt à aimer cet enfant comme s'il était le vôtre et à l'élever en bon père ?

- Vous savez, Nadège est toute ma vie et il en sera de même pour cet enfant. Je l'aimerai pour ce qu'il sera au fond de lui.

- Dans ce cas, je crois vraiment que Dieu ne vous blâmera pas d'user de ce procédé. Une vie donnée avec autant d'amour ne peut que le combler.

Puisque l'Église s'exprimait en des termes amphibologiques et que Dieu privilégiait surtout l'Amour, il s'apprêtait à informer son épouse qu'elle faisait fausse route. Le cœur empli de certitude, il attendait fiévreusement qu'elle revînt de son travail pour lui rapporter la teneur du discours d'un expert de la parole de Dieu tout en espérant ainsi parvenir à vaincre sa réticence. Connaissant son intelligence, il avait confiance en sa capacité à évoluer dans le bon sens.

À son arrivée, il l'entoura de tendresse. Il nota qu'elle paraissait curieusement plus enjouée que d'ordinaire.

- Nadège, j'ai une information à te donner qui ne te laissera pas indifférente, se hasarda-t-il après qu'elle se fût relaxée sur le divan.

- J'ai une chose importante à te dire également, annonça-t-elle comme pour briser son élan.

- Bon, courtoisie oblige, ma chérie. À toi, l'honneur ! Concéda-t-il avec un regard inquisiteur.

- Voilà. Je suis allée à l'église Saint Jérôme. J'adore la petite chapelle qui s'y trouve.

- Je la connais. D'ailleurs, nous y sommes allés ensemble.

- C'est vrai, je m'en souviens. Donc, j'y suis restée une bonne demi-heure pour prier le Christ de me faire la grâce de sa

Lumière. J'ai accompli cela en mettant beaucoup de foi dans ma requête.

- Je n'en doute pas, rétorqua-t-il d'une voix émue et impatient d'entendre la suite.

- Soudain, j'ai ressenti une sensation bizarre, une sorte d'envie d'union tendre avec Lui. Puis j'ai entendu dans ma tête : « La réponse est dans ton cœur, ma fille ». C'était peut-être la voix de mon imaginaire, mais, en tout cas, je sais exactement ce que je dois faire.

- Que dois-tu faire ? S'inquiéta-t-il.

- J'accepte l'insémination, Brice.

- Mon amour ! S'exclama-t-il en l'enlaçant.

- Comme ça, notre bonheur sera total, déclara-t-elle en se blottissant plus fort contre lui. Tu m'as parlé d'une information intéressante tout à l'heure.

- C'est superflu à présent.

Elle lui fit son adorable moue enfantine.

- Bon, d'accord. J'ai vu le curé qui m'a dit textuellement, après avoir exposé sa morale chrétienne, que Dieu ne nous blâmera pas de donner la vie, fût-ce par ce procédé. Il a ajouté qu'une vie donnée avec amour ne pourrait que combler le Seigneur.

- Que disait sa morale chrétienne ?

- Oh, elle faisait référence au sacrifice ! Selon moi, il s'agissait d'une interprétation religieuse plutôt aléatoire. À propos, à quelle heure es-tu allée prier ?

- Vers onze heures trente. Pourquoi ?

- C'est incroyable, Nadège ! J'ai rencontré le curé à onze heures. On dirait qu'une force occulte nous a manœuvrés.

- J'y crois ! Affirma-t-elle. Tu es heureux, mon cœur ?

- Tu es une femme merveilleuse. Cet enfant va incontestablement épanouir ta beauté.

- Il te faudra partager mon amour désormais, déclara-t-elle en prenant son air mystérieux.

- Ce sera un bonheur permanent, mon ange.

- Alors, l'amour sera exalté et nous en aurons à profusion.

Ils rirent de concert. Brice savourait la sublime perspective du prochain avènement de cette petite lumière.

-21-

Brice et Nadège revirent le professeur Pralié, afin de mettre en œuvre le processus de cette insémination. Celui-ci leur conseilla vivement de consulter un psychologue, une étape importante selon lui avant l'IAD[1]. Il rédigea une lettre pour un confrère, puis il les invita à revenir le voir, de façon à connaître la marche à suivre.

Le docteur Marie-Ange Berthier leur fit une réception affable. Lors d'une discussion à bâtons rompus, elle évoqua avec diplomatie les freins et dangers possibles. Dans le cas d'une IAD la mère devait avoir évolué dans le fait d'enfanter par le biais d'un donneur et le père être psychologiquement prêt à accepter cet enfant comme le sien. Ayant retrouvé sa sérénité, Nadège débattit avec la praticienne sur ces nécessités et sur le risque d'un refus inconscient d'une grossesse via le sperme d'un inconnu. Sa belle élocution et sa détermination tirèrent une moue d'admiration à la psychologue. Quant à Brice, il confirma avec pudeur son intention d'aimer cet enfant de tout son cœur. Il ne confia pas, cependant, que cette naissance serait le plus beau jour de sa vie depuis son mariage. Le docteur Berthier lui précisa que les caractéristiques physiques du donneur s'approcheraient, de toute façon, au plus près des siennes. Une information qui le réjouit. Si elle n'aborda pas la partie purement médicale de l'opération, elle fit en sorte de rassurer Nadège sur le déroulement de cette insémination. En conclusion de cet entretien, et puisque tous deux montraient une grande motivation, elle écrivit une lettre au professeur Pralié pour lui faire part de son avis.

---

[1] Insémination avec sperme d'un donneur

En sortant du cabinet de la psychologue, Nadège avoua à Brice son appréhension ; car elle continuait à penser qu'il s'agissait d'un procédé contre-nature. Elle tint à le rassurer toutefois en précisant qu'elle ne comptait pas reconsidérer sa décision. Il réitéra ce qu'il lui avait déjà dit, à savoir qu'il ferait de son mieux pour la soutenir durant la période préparatoire de l'insémination et au cas où surviendraient des complications.

- Je ferai de mon mieux pour ne pas te décevoir, mon chéri, lança-t-elle.

Tout en lui prodiguant une grande tendresse, il savait que la perspective de cet enfantement la ravissait au tréfonds d'elle-même. Quant à lui, il aurait aimé qu'ils en fussent déjà à au stade de la grossesse.

-22-

Ils remirent au professeur Pralié la lettre du docteur Berthier. Après avoir pris attentivement connaissance de cette dernière, le spécialiste leur donna une explication détaillée du déroulement de la procédure préliminaire à l'IAD. Puis il rédigea un mot pour le docteur Jacques Panotti, un gynécologue ayant l'expérience de ce type d'intervention.

Pendant trois mois, Nadège eut à faire des examens médicaux, à savoir de l'utérus, un frottis cervico-vaginal, une échographie pelvienne, des sérologies ainsi qu'une hystérosalpingographie visant à vérifier la perméabilité des trompes utérines.

La stimulation ensuite de l'ovulation par gonadotrophines servait à augmenter les chances de grossesse et à synchroniser l'insémination proprement dite avec la période ovulatoire. Puis, par une injection d'HCG[2], effectuée le soir, l'ovulation fut déclenchée en vue de l'obtention d'un à trois follicules matures dans un délai de quarante-huit heures au plus. Par bonheur, l'épaisseur de l'endomètre s'avérait être supérieure à huit millimètres. Un fait qui permettait d'augurer de la réussite de cette implantation embryonnaire.

Trois jours plus tard, il fut procédé à l'insémination intra-utérine. Lors d'une simple consultation gynécologique, le docteur Panotti introduisit le cathéter fin et souple, rempli de sperme, dans la cavité utérine de Nadège à l'aide d'un spéculum. L'opération effectuée, il lui demanda de rester allongée une dizaine de minutes.

---

[2] Signifie : hormone chorionique gonadotrope

Nadège avait appréhendé cette intervention, non à cause de la douleur, sachant celle-ci indolore, mais plutôt parce qu'il lui fallait accepter la semence d'un homme qu'elle n'aimait pas.

-23-

De retour dans leur petit domaine. Nadège se serra contre Brice.

- Aime moi comme tu sais si bien le faire, mon amour, le pria-t-elle.

Il la déshabilla, puis il s'adonna à tous ces préliminaires qu'elle appréciait et mille fois accomplis. La possédant, ensuite, il l'inonda de fougue, de volupté et de virilité jusqu'à l'union absolue. La jouissance charnelle fut transcendée par la sublime joie de l'âme.

- À présent, c'est vraiment notre bébé, déclara-t-elle. De plus, le docteur Panott m'a dit qu'un rapport sexuel le jour de l'insémination augmente les chances de grossesse.
- Alors, cette insémination ne peut pas avoir échoué. Cet enfant possédera les magnifiques vertus de sa mère, c'est certain.
- Il sera si heureux de t'avoir comme papa qu'il s'évertuera à te ressembler, renchérit-elle joyeusement.
- Me voilà superbement comblé, avoua-t-il, les yeux humides.

Brice imagina que l'embryon devait jubiler à l'idée de naître dans ce foyer qui l'accueillait, avant l'heure, avec immensément de bonheur.

-24-

Brice se rendait à l'église, partout où il se trouvait, pour prier le Seigneur et la Sainte Vierge de bénir cette grossesse tout en espérant que leur volonté corroborerait la sienne. Il décida de s'imposer ce rituel jusqu'à ce que l'échographie révélât la présence d'un seul embryon et un développement normal du fœtus ensuite. Le visage inquiet de Nadège l'attristait, le privant d'une subtile et nourrissante lumière. Nul doute qu'elle priait, de même et avec ardeur, pour que la magie opérât. Lorsqu'il la trouvait les yeux clos, il quittait discrètement la pièce. Il imaginait qu'elle soliloquait, qu'elle en appelait à l'intercession du Seigneur. Car il n'ignorait plus ses convictions spirituelles. D'ailleurs, sa propre foi en Dieu avait grandi grâce à leurs échanges sur le sujet.

Il poursuivait aussi sa discrète méditation, doux mystère d'une communion avec un angelot. Peu lui importait que cela eût lieu dans la dimension fantastique de son inconscient, il vivait avec ce dernier une relation extraordinairement complice. Un soir, en revenant de ce plongeon intérieur, il eut l'intuition d'avoir assisté à l'ultime bain d'Amour pur. Une réconfortante perspective qui présageait à coup sûr une heureuse issue de l'insémination.

Deux semaines plus tard, Nadège eut le retard de règles tant espéré. Elle se rendit à l'hôpital pour faire procéder à un test sanguin de grossesse qui se révéla positif ; quoiqu'il lui fût imposé de recommencer cette analyse le surlendemain.

La première échographie, quatre semaines après ces tests, montra une bonne localisation de la grossesse et la présence d'un seul sac gestationnel. Nadège avait angoissé à l'idée d'une grossesse multiple, dite de haut rang, malgré la spécification du gynécologue à propos de ce risque peu fréquent. Elle se sentit donc libérée et merveilleusement exaucée par le Dieu d'Amour. Brice acheta une demi-bouteille de champagne, mais Nadège n'en but qu'un fond de coupe. Elle tenait, en effet, à ce que le fœtus se développât dans un corps sain. Soudain, l'avenir ressemblait à un ciel d'azur inondé par une splendide lumière derrière lequel une petite âme attendait l'heure de s'incarner. Le retour de l'enthousiasme dans le cœur de sa bien-aimée enchantait Brice qui retrouvait, enfin, la femme équilibrée, sereine et gaie qu'il aimait tellement. Leur couple jouissait derechef d'une harmonie que les tensions avaient failli ternir. Même s'il s'était sans cesse efforcé, semblablement à elle, d'empêcher les dérives.

Outre les précautions nécessaires, Nadège continuait de vivre normalement. Quant à Brice, il tentait de l'influencer avec sa psychologie de la chose.

- Allons, mon chéri, ne t'inquiète pas. Je suis bien conseillée et je sais ce qui est bien ou non pour le bébé.
- Tu devrais arrêter de travailler maintenant. Le soir, tu arrives épuisée et …
- Nous aurons le plus beau bébé du monde, tu verras, interrompit-elle.
- Tu crois qu'il m'entend si je lui parle ? Demanda-t-il naïvement en posant sa bouche sur le ventre bien rond de Nadège.
- Rien ne lui échappe. Je le sens surtout réagir quand tu dis des bêtises, répondit-elle en riant
- Mon amour pour toi grandit chaque jour, ma petite femme adorée.

Depuis plusieurs mois, il cherchait une maison où tous trois pourraient couler des jours heureux. Grâce à Florent, il trouva une opportunité intéressante et, après que Nadège l'eût trouvée à son goût, il lança la procédure auprès de la banque. L'acte notarié signé, ils purent s'installer dans leur nouvelle demeure où Nadège se plut à préparer la chambre de l'enfant dont elle ne voulait pas connaître le sexe avant la naissance.

- Cela m'émeut profondément que tu dises : « notre bébé », confessa-t-elle un jour.
- Tu te souviens quand nous avons fait l'amour comme jamais au retour de l'insémination ?
- C'était important, tu sais.
- Et si cette merveilleuse fusion avait produit un miracle, lança-t-il.
- Dans mon cœur, ce bébé est de toi, mon chéri, rétorqua-t-elle avec assurance. À propos, comment l'appellerons-nous ?
- Mais puisque tu ne veux pas savoir le sexe de cet enfant …
- Cela n'empêche pas. Alors, si c'est un garçon, nous l'appellerons Damien. Je te laisse le choix de celui de la fille.
- Je vais y réfléchir.

Après le dîner, il s'isola dans son bureau et partit une dernière fois à la rencontre de l'être subtil. Pour ce faire, il récita le poème :

« *Puisque, bientôt, il est temps*
Pour toi de quitter ton halo subtil,
D'un autre monde suivre le fil,
D'un nouveau bonheur prendre le chemin,
Voie de ton inéluctable destin.
Entends ces cœurs qui te désirent
N'attendent plus que l'avènement
De l'heureux cri de ta naissance !

Amour qui m'a tant de fois soutenu !
Au fond de moi est la certitude
Que dans la chair de cet enfant tu viendras,
Que la magie s'accomplira,
Qu'une belle petite fille naîtra
Qui te perpétuera ... Angélina ».

Brice sentit soudain une sorte d'étreinte et, simultanément, un souffle zéphyrien. Il interpréta l'indicible sensation au niveau du plexus solaire comme une réponse de cet être mystérieux.

-25-

Bien que ne supportant guère la vue du sang et la souffrance, Brice fit le suprême effort de soutenir psychologiquement Nadège pendant l'accouchement. Elle ne lui cacha pas que sa présence la réconfortait, voire que celle-ci l'aiderait à passer ce cap qu'elle appréhendait tout en le désirant intensément. Ce fut une terrible épreuve que celle d'assister, de manière passive, à ce douloureux enfantement. Concernant le bébé, il semblait préférer son bain amniotique à la dure réalité terrestre. Il naquit enfin tout en manifestant son premier mécontentement ici-bas.

- Bravo, mon amour, c'est une magnifique poupée, s'empressa-t-il de dire à l'oreille de Nadège.

Le bébé fut aussitôt posé sur elle, un contact avec sa mère qui le comblait indubitablement.

De retour dans la chambre, Nadège se reposait et Brice regardait machinalement par la fenêtre. Une infirmière entra gaiement avec le bébé lavé et enveloppé dans un linge.

- Voilà, mademoiselle, dit-elle en le posant sur le sein de Nadège. Vous en avez de la chance d'avoir une si jolie maman et ... un si beau papa, bien sûr.
- Pour l'heure, maman l'intéresse plus que papa, plaisanta Brice.
- Mais elle a autant besoin de maman que de papa, répondit gentiment l'infirmière.
- Combien pèse-t-elle ? S'enquit Nadège.
- Elle fait trois kilos cent, Madame Szepanowski.

- Oh, mais tu es un beau bébé, mon trésor à moi ! Dit-elle en la baisotant.

L'employée partie, Brice s'assit tout près de Nadège et embrassa l'enfant avec force délicatesse. Il n'osait le prendre dans ses bras, par peur d'un accident.

- Bienvenue chez les terriens, Angélina, lança-t-il.
- Comment l'as-tu appelée ?
- Angélina.
- Angélina ? Répéta Nadège avec un air pensif. Comment ce prénom t'est-il venu ?
- Eh bien ... il devait être quelque part au fond de ma mémoire.
- Angélina Szepanowski, dit-elle en regardant le bébé. D'accord, mon chéri, nous l'appellerons Angélina.

Il soupira en son for intérieur. Sous l'emprise du regard magnétique de Nadège, il faillit révéler son secret. Or sa petite voix l'en avait dissuadé. Il voulait croire que la petite âme, avec qui il avait communié si souvent, venait de s'incarner. Par conséquent, que ce corps ne vînt pas de lui ne l'affectait guère. Cette vérité au fond de l'être les rapprochait ineffablement.

- Tu ne la trouves pas trop sage, s'inquiéta-t-il.
- Attends, tu vas voir. Bientôt, elle va nous faire de belles vocalises.
- Je sens qu'elle aura autant de caractère que sa mère ... et d'intelligence également.
- Embrasse-moi, mon amour.

Il badait l'enfant, lui parlant avec son cœur.

- Voilà, il n'y en a plus que pour Angélina maintenant. Je ne compte plus, soupira-t-elle avec cette jolie moue qui lui plaisait tant.
- Ah, tu vas devoir partager mon amour, à présent ! Rétorqua-t-il en riant.

- Viens plus près de moi, mon Brice adoré. Regarde bien notre fille. Tu sais qu'elle a de toi.

- C'est le portrait tout craché de sa mère, tu veux dire.

- Mais non, chéri … son petit menton et le front aussi … je t'assure … c'est toi, mon cœur.

Il s'approcha très près de son exquise bien-aimée, observant avec immensément d'amour cet enfant bonheur … une sublime bénédiction du Ciel. Nadège passa sa main longue et fine sur sa joue mouillée.

- Dis-moi que ce sont des larmes de joie, mon trésor, lui chuchota-t-elle à l'oreille.

- Des larmes d'amour, répondit-il. C'est un jour si merveilleux.

Table des matières

Le traumatisme 9

Une rencontre bénéfique............................ 21

Un rêve étrange 41

Un bonheur impromptu................................ 43

Un signe de la Providence 73

Dépôt légal : Avril 2023

© 2023, François de Calielli

Impression à la demande

Édition : BoD – Books on Demand, info@bod.fr. Impression :
BoD – Books on Demand, In de Tarpen 42, Norderstedt
(Allemagne)